KB010215

불새처럼 일어나

PHOENIX RISING

* 이 책 번역 인세의 50%는 (사)행복한아침독서에 기부되어
'희망의 책 나눔'사업에 쓰입니다.

아름다운 청소년 ❸

불새처럼 일어나

초판 1쇄 발행 2011년 9월 7일 | 초판 2쇄 발행 2012년 6월 5일
지은이 캐런 헤스 | **옮긴이** 유영종 | **펴낸이** 방일권 | **펴낸곳** 별숲
출판등록 2010년 6월 17일 제398-251002010000017호
주소 경기도 구리시 교문1동 757-5호 1층 상가 중간
전화 031-563-7980 | **팩스** 031-562-7980 | **전자우편** everlys@naver.com

ISBN 978-89-965755-3-5 44840
ISBN 978-89-965755-0-4 (세트)

• 책값은 뒤표지에 표시되어 있습니다.
• 잘못된 책은 바꾸어 드립니다.
• 문학의 감동과 즐거움이 가득한 별숲 카페로 초대합니다.(http://cafe.naver.com/byeolsoop)

불새처럼 일어나

PHOENIX RISING

캐런 헤스 장편소설 | **유영종** 옮김

별숲

PHOENIX RISING by Karen Hesse

스리마일 섬의 아이들,

체르노빌의 아이들,

핵의 시대를 사는 아이들,

우리 모두에게 바칩니다.

분노로 뒤를 돌아보지도, 두려움으로 앞을 바라보지도 말라.

눈을 똑바로 뜨고 주위를 둘러보라.

— 로스 허시

1

휙 소리가 나도록 팔을 휘둘러 숲 쪽으로 돌을 던졌다. 돌은 리플리 파워스의 개 타이러스 앞쪽에 떨어졌다. 일부러 그런 것이다. 개를 다치게 하려는 마음은 없었고 단지 쫓아내고 싶었을 뿐이다.

"집으로 가!"

나는 거의 한 주나 얼굴에 쓰고 있는 얇은 천 마스크 사이로 소리쳤다. 그러고는 개를 향해 주먹을 휘둘렀다.

"너네 집으로 가란 말이야, 타이러스!"

숲으로 도망 간 뒤에도 타이러스가 짖는 소리는 십일월의 쌀쌀한 공기를 뚫고 계곡 아래로 울려 퍼졌다.

들판 건너편, 앞쪽 방목지 구석에 한 살배기 양들이 옹기종기 모여 있었다. 차가운 땅바닥에 홀로 누워 있는 한 마리를 빼고는. 움직임이 있기를 기다리며 길에 서서 지켜보았지만 꼼짝하지 않았다.

나는 팔로 머리카락을 넘기며 얼굴을 찌푸렸다.

"빌어먹을 똥개."

먼시가 옆에 와 섰다.

"리플리 잘못이야, 타이러스를 풀어 놓다니 말이야."

리플리네 개는 기회가 생길 때마다 제멋대로 돌아다녔다. 그리고 우리 농장에서 말썽 피울 게 없으면 다른 곳으로 가서 난리를 쳤다. 한번은 레드 잭슨 아저씨가 산 너머 남쪽으로 60킬로미터도 더 떨어진 쿡셔에서 타이러스를 데려오기도 했다. 쿡셔가 이전에 존재했을 때까지는 그랬다.

먼시는 자기 가방을 내 가방 옆에 던져 놓고 바싹 마른 풀 위를 저벅저벅 걸어 나를 따라왔다. 짧고 휘어진 다리 때문에 먼시는 울퉁불퉁한 길을 힘겹게 걸었다.

전기가 흐르는 울타리를 껑충 뛰어넘어 나는 한 살배기 양들이 있는 방목지로 들어갔다.

먼시는 울타리 밖에서 기다렸다.

내가 누워 있는 암양에게 가까이 다가가자 나머지 양들은 뒤쪽 울타리로 가서 서로 바짝 붙어 섰다. 양들이 가쁘게 내뿜는 입김이 머리 위로 구름을 만들어 댔다.

피투성이가 된 양 앞에서 무릎을 꿇으며 머릿속으로 온갖 생각을 했다. 방사능 오염이 제일 두려웠다. 요즘은 모두 방사능에 대해 걱정하고 있었다.

하지만 양떼 목장에서 오래 살아온 나는 이 암양이 방사능 때문에 죽은 게 아니라는 것을 곧바로 알아챘다. 양의 엉덩이, 목, 배가 물어뜯겨 있었다. 화가 나 가슴이 찢어질 것 같고, 마스크가 들썩들썩했다.

어제 처음으로 양떼를 방목지에 풀어 놓았다. 쿡셔에서는 여전히 방사능이 유출되고 있었지만 말이다.

방사능 낙진에서 보호하려고 헛간에다 한꺼번에 너무 많은 양들을 몰아넣어 굉장히 걱정했다. 하지만 개 공격을 받을 거라고는 상상도 못했다.

"나일, 양이 죽었니?"

먼시가 물었다.

"응."

"왜 죽었어?"

나도 무척 걱정했지만, 먼시네 가족은 나보다 열 배는 더 방사능에 대해 걱정했다. 지난주부터 우리는 모두 라디오 주위를 맴돌며 뉴스에 귀를 기울였다. 아나운서는 우리가 안전하다고 안심시켰다. 그리고 우리도 그 말을 믿고 싶어 했다. 하지만 해리스 아줌마와 아저씨는 뼛속까지 공포에 질려 있었다. 아줌마와 아저씨는 먼시 때문에 더 두려워했는데, 그건 먼시가 성장 장애를 가지고 태어났기 때문이다.

"타이러스가 죽였어. 타이러스 때문이야."

내가 먼시에게 대답했다.

나는 죽은 양을 등진 채 주먹을 꽉 쥐고 방목지 건너 리플리네 집 쪽을 노려보며 일어섰다.

보이진 않았지만 리플리가 다가오는 소리가 들렸다. 개한테 소리를 지르고 있었다. 리플리는 항상 소리를 질러 댔다. 목청을 높이지 않고는 어떻게 말하는지 모르는 것 같았다.

리플리가 나무 사이로 나타났다. 열다섯 살이라는 걸 감안해도 엄청 커 보였다. 리플리는 자기네 소유지 끝 엉망으로 비탈진 언덕, 무성한 잡초 위에 두 다리를 떡 벌리고 섰다. 타이러스는 피투성이가 된 주둥이로 리플리의 발밑에서 아양을 떨었다.

리플리는 마스크를 이마 위에 걸쳐 놓았다. 내가 아는 사람 중에서 마스크를 늘 쓰고 있는 걸 거부하는 건 리플리밖에 없었다. 먼시와 내 쪽을 훑어보며 리플리는 긴 팔로 가슴에 팔짱을 꼈다.

"타이러스가 너네 양을 죽였니?"

리플리가 소리쳤다.

"그래, 젠장!"

"양치기 개를 한 마리 더 구하는 게 어때?"

"네 개를 묶어 두는 건 어때?"

허리에 올려놓은 손에 힘이 꽉 들어갔다.

리플리는 길 건너편에서 나를 노려봤다. 내가 있는 곳에서도 리플리의 멍든 눈꺼풀이 부어 있는 게 보였다. 리플리는 손을 들어 목 뒤의 마스크 끈이 꽉 누르는 자리를 문질러 댔다.

"마스크 끈에 목이나 졸렸으면 좋겠네. 정말이야, 맹세해."

내가 중얼거렸다.

"나일, 진정해."

먼시가 나에게 주의를 주었다.

먼시 말이 맞았다. 아무리 나처럼 가시 돋친 아이라도 열세 살짜리 소녀는 리플리 파워스 같은 놈에게 대들어 봤자 상대가 되지 않는다. 리플리는 너무 덩치도 크고 힘도 셌다.

하지만 참을 수가 없었다. 리플리는 내 머리에 피가 확 솟구치게 만들었다.

리플리는 반 발짝 앞으로 더 나와 마스크를 홱 벗어젖혔다. 그러고는 마스크를 뭉쳐 비탈 밑 길바닥에다 집어 던졌다.

뭔가 문제를 일으키려는 것 같았다. 나는 휘파람을 불어 우리 개 캐일럽을 불렀다. 캐일럽은 반들반들한 검은 털과 하얀 털이 섞여 있는 북잉글랜드산 콜리종 양치기 개로, 다리가 짧고 재빨랐다. 리플리가 위협적으로 노려보고 있으니 캐일럽이 곁에 있으면 훨씬 안전할 것 같았다. 하지만 휘파람을 불었는데도 캐일럽이 오지 않았다. 할머니와 함께 집 안에 있는 게 틀림없다.

곁에는 겨우 먼시밖에 없었다. 십일월의 햇살이 채소밭 양배추를 비추듯 먼시 해리스의 지푸라기빛 금발 머리를 비추었다. 먼시는 짧은 다리로 버티고 서서 마스크 사이로 거친 숨을 몰아쉬고 있었다.

"리플리는 신경 쓰지 마. 할머니께 죽은 암양에 대해 말씀드리는 게 좋겠어. 그럼 레드 잭슨 아저씨한테 바로 전화하실 거야."

먼시가 말했다.

노스 해버샴 사람들은 마을 회의에서 매년 레드 잭슨 아저씨를 마을 대표로 선출했다. 방사능 탐지기와 마스크도 이번 사고 이후 아저씨가 마을 사람들에게 가져다주었다.

우리 양이 살해당하면 아저씨가 농장에 와 증거를 조사하곤 했다. 만약 코요테가 아니라 개가 저지른 것이면 마을에서 우리 피해를 보상해 주었다. 보통 개들은 엉덩이 쪽을 먼저 공격하고, 코요테는 목을 공격했다. 양의 상태와 피로 범벅이 된 타이러스의 얼굴을 고려할 때 개가 그랬다는 걸 증명하는 건 어렵지 않을 것이다.

나는 먼시 옆에 서기 위해 울타리를 다시 휙 뛰어넘어 방목지 밖으로 나갔다. 리플리는 방목지 건너편에서 우리 쪽을 쏘아보았다.

"야, 난쟁이, 대가리는 좀 좋아졌냐? 공기 중에 있는 방사능 때문에 어쩌면 너도 정상 같은 걸로 돌연변이를 일으킬지 모르잖아."

화가 나 리플리를 향해 달려가려 했으나 먼시가 나를 붙잡았다.

"난쟁아, 2 더하기 2가 뭐니?"

리플리가 소리를 질렀다.

먼시는 내 손을 단단히 잡아 못 움직이게 한 다음, 띄엄띄엄 나서 울퉁불퉁한 풀 위에서 몸을 돌렸다. 내가 팔을 휙 잡아채 빼는 바람에 먼시는 중심을 잃었다. 그러곤 뒤에 있는 전기 울타리 쪽으로 비틀거렸다. 먼시 손이 전기 울타리에 스쳤다.

먼시가 전기 자극 때문에 깜짝 놀랐다.

리플리가 먼시를 비웃으며 손가락질했다.

"나일 솜너, 넌 뭐 때문에 저런 난쟁이랑 어울리냐?"

리플리의 말투가 아주 비열하게 들렸다.

나는 리플리에게서 등을 돌려 버렸다.

"괜찮니?"

내가 물었다.

먼시는 오른팔을 가슴에 꽉 대고 있었다. 창백한 눈에 고인 눈물이 안경 때문에 더 커 보였다.

"죽여 버릴 거야. 내가 가서 저 자식을 죽여 버릴 거야."

리플리 쪽으로 몸을 돌리며 내가 말했다.

"안 돼, 나일."

먼시가 내게 다가서며 속삭였다. 먼시는 전기에 충격받은 팔을 감싸 안고 있었다.

리플리는 침을 입안에 한가득 모아서 우물거리다 퉤하고 뱉었다. 침은 포물선을 그리며 나와 리플리 사이 진흙탕 길에 떨어졌다. 나는 한 발짝 더 앞으로 나섰다. 먼시는 왼팔을 들어 나를 붙잡았다.

바로 그때 타이러스가 뒤쪽 숲 속에서 무슨 냄새를 맡았나 보다. 개는 뒤로 돌아, 고개를 치켜들고 짖어 대기 시작했다. 그리고 갑자기 숲으로 달려가 나무 사이로 사라졌다. 돌아오라고 타이러스에게 소리치며 리플리도 개를 뒤쫓아 갔다.

봄 나무에 물이 오르는 것처럼 속에서 화가 치솟아 올랐다. 리플리네 소유지로 건너갈 맘을 먹고 길 쪽으로 빠르게 걸어갔다.

"잊어버려, 나일."

먼시가 위험하고 경사진 땅을 짧은 다리로 절뚝거리며 따라오느라 애를 썼다.

"리플리와 싸울 순 없잖아, 나일. 아무도 못 이겨. 잊어버려."

나는 뒤로 휙 돌아 먼시를 마주 보았다.

"이길 수 있어!"

"걘 열다섯 살이야! 너보다 두 배는 몸무게가 더 나간다고. 게다가 남사애잖아."

"그래도 싸울 수 있어."

아까 던져 놓았던 가방을 들려고 길에 멈추어 섰다. 그리고 리플리와 타이러스가 있던 곳을 노려보았다.

"그 똥개가 올해만 해도 우리 양을 여섯 마리나 죽였어."

가방에서 흙먼지를 털어 냈다.

"다행히 이번에 한 마리만 잃었잖아."

먼시가 대답했다.

지난 오월, 리플리네 개는 하룻밤에 우리 양을 다섯 마리나 죽였다. 늙은 양치기 개 버치가 죽은 다음에 일어난 사건이었다.

"타이러스가 이젠 너희 양을 건드리지 않을 거야. 레드 잭슨 아저씨가 그렇게 만드실 거라고. 나일, 이제 집에 가자."

왼쪽에는 경사진 방목지, 반대쪽에는 리플리네 소유지가 있는 가파른 언덕을 나는 먼시와 속도를 맞추기 위해 아주 천천히 걸어 올라갔다. 우리는 이야기를 할 엄두도 안 냈다. 오르막길에서 먼시는 숨쉬기조차 힘들어했다.

우리 집으로 가는 갈림길에서 먼시와 나는 멈추어 섰다. 숨을 고르느라 먼시의 가슴이 오르락내리락했다.

"숙제하러, 우리 집에, 올래?"

집안일을 마친 다음 늘 그러긴 했지만, 할머니가 양을 묻을 때 도와드려야 할지도 모른다. 빌어먹을 타이러스.

"오늘 밤엔 갈 수 있을지 모르겠어. 아마 못 갈 것 같아."

"나일, 무슨 일이 있더라도 리플리와 싸우지 마."

먼시가 부탁하듯 말했다.

"필요하면 싸울 거야."

하지만 내 분노도 어느 정도 가라앉아 있었다.

"나와 함께 다니지 않아도 돼. 만약 그게 문제를 일으킨다면 말이야."

먼시가 말했다.

나는 먼시가 좋았다. 다른 아이들은 먼시에 대해 알려고조차 하지 않는다. 먼시의 큰 머리, 짧은 팔과 다리를 한번 쓱 보고는 먼시에 대해 모든 걸 다 안다고 생각한다. 가끔씩은 아이들이 리플리처럼 먼시에게 못되게 굴었다. 화가 날 텐데도 난 먼시가 한 번도 불평하는 걸

들은 적이 없었다.

"난 네가 어떻게 리플리가 모욕하는 걸 가만히 참는지 모르겠어."

내가 말했다.

안경 뒤에서 푸른 눈을 내리깔며 먼시가 대답했다.

"그냥……."

나는 양들이 군데군데 점처럼 서 있는 완만하게 경사진 늦가을 들판을 바라보았다. 산들이 계곡 양편으로 부드럽게 솟아 있었다.

"리플리 저가 뭔데 나보고 누구랑 친구하라고 그래? 내 친구는 내가 정한다고. 그 자식이 어떤 생각을 하든 난 스컹크 똥만큼도 신경 안 써."

내 말을 듣고 먼시가 고개를 끄덕였다.

가쁜 숨을 고른 후 먼시는 다시 언덕을 올라갔다. 먼시 부모님은 우리 할머니의 건물들 중에서 뒤쪽 방목지 높은 곳, 위쪽 식림지 가장자리에 있는 집에 세 들어 살고 있다. 할머니에게 빨리 양에 대해 말씀드리려고 나는 서둘러 집을 향해 걷기 시작했다.

하지만 집 모퉁이를 지나다 멈추어 섰다.

무언가 달랐다.

커튼. 뒷방에 커튼이 쳐져 있었다.

우린 한 번도 그 방 커튼을 친 적이 없다. 지난주 원자력발전소 사고 직후에도 말이다. 집에 틈이란 틈은 다 막고 지하실에 있었지만 뒷방 커튼은 치지 않았다.

나는 평상시에 뒷방 근처를 적어도 열두 번은 지나다녔다. 커튼이 쳐진 적은 결코 없었다. 하지만 지금 두껍고 무거운, 마치 4일이나 된 멍처럼 보기 싫은 녹색 커튼이 창문 옆에 느슨하게 걸쳐 있었다.

우리 집에서 그 침실은 죽음의 방이다. 내가 여섯 살 때 엄마가 그 방에서 세상을 떠났다. 그리고 2년 전 할아버지가 그 방에서 돌아가셨다. 나는 그 방이 너무 싫다.

헛간에 있는 장작을 자루에 담으려고 창문가에서 몸을 돌렸다. 장작을 잔뜩 들고 진입로를 지나 팔꿈치로 부엌문을 쾅쾅 두드렸다. 평소와 다르게 할머니가 문을 열어 맞아 주지 않았다.

다시 문을 두드렸다.

그리고 장작을 조금 움직여 손가락을 자유롭게 만든 다음 문손잡이를 돌려 집 안으로 들어갔다.

2

장작 자루를 끌고 부엌을 가로질러 장작들을 보관 통에 던져 넣었다. 볼링 핀이 쓰러지는 것처럼 덜거덕거리는 소리가 나고 먼지 구름이 일었다. 작은 나무 부스러기 두어 개가 부엌 장판 위로 흩어졌다. 장화로 차서 그 나무 부스러기들을 장작 통 밑으로 밀어 넣었다.

"할머니?"

방사능 측정기를 식탁에서 들고 부엌을 가로질러 검사했다. 지난주에 기록한 수치랑 같았다. 사고 후 8일이 지났지만 측정기는 항상 일정한 경고음을 내며 정상임을 알렸다.

마스크를 벗어 화로 옆 고리에 걸었다. 페리 교장 선생님은 바람이 계속 우리 반대쪽으로 불어 주기만 한다면 마스크는 집 밖에서만 필요할 거라고 말했다. 먼시네 엄마는 먼시가 항상 마스크를 쓰고 있게 했다.

"할머니?"

나는 복도 건너 할머니 방을 보며 다시 불렀다. 라디오 소리가 조그맣게 들렸다. 사고 이후 뉴스를 듣느라 할머니는 라디오를 항상 켜 두었다.

할머니는 늘상 나를 위해 간식을 준비해 놓았다. 그리고 우리가 오후 일을 시작하기 전, 내가 간식을 먹는 동안 옆에서 말동무를 해 주었다.

캐일럽은 오전 일을 마치면 벽난로 앞에서 꾸벅꾸벅 졸며 휴식을 취하고, 내 얼룩 고양이 베일리도 화로 가까운 곳에 있는 의자 위에서 몸을 둥글게 말고 있곤 했다. 그런데 지금은 아무도 보이지 않았다.

"캐일럽! 베일리! 할머니!"

커튼이 쳐진 뒷방을 생각하면서, 걱정하는 게 느껴지지 않도록 조심하며 소리쳤다.

냉장고를 열었더니 냄비에 반쯤 남은 기름기 많고 차가운 수프가 보였다. 그건 절대 먹지 않을 거다.

"할머니! 캐일럽!"

복도에서 소리가 들렸다. 조용히 움직이는 소리. 누군가 뒷방에서 나를 향해 오고 있었다.

캐일럽이 부엌으로 타박타박 걸어 들어왔다. 발톱이 장판에 닿을 때마다 탁탁하는 소리가 났다. 캐일럽은 식탁을 돌아 내 손바닥에 코를 가져다 대고 냄새를 맡았다.

"애, 너 어디 갔었니? 저기 뒷방에서 대체 무슨 일이 있는 거야?"

두 발을 내 허벅지에 대고 캐일럽이 머리를 앞으로 쑥 내밀었다.

"긁어 줄까?"

꼬리를 높이 들고 흔들며 캐일럽이 내게 기댔다. 그리고 내가 긁어 주는 걸 멈추자 캐일럽은 내려서서 다시 복도로 걸어갔다. 안 보일 때까지 털이 복슬복슬한 꼬리가 뒤에서 살랑거렸다.

"할머니?"

캐일럽을 뒤따라 가 보고 싶은 마음도 조금 있었으나 그냥 부엌에 머물렀다. 그 뒷방 때문에 나쁜 꿈을 너무 많이 꾸었다. 뒷방은 내게 너무 어둡고 힘든 곳이었다. 난 절대로 그곳에 가고 싶지 않다. 커튼이 쳐진 지금은 더욱 그렇다.

집에서는 뭉근한 불로 냄비 한가득 끓여 내고 있는 스튜 냄새가 났다. 평소에 그 냄새는 내 식욕을 자극했다. 추운 날씨가 계속되는 동안 할머니는 늘 커다란 냄비에 재료를 넣고 장작 화로에서 하루 종일 은근한 불로 끓이는 요리를 만들었다.

무쇠로 된 냄비 뚜껑을 열자 진한 고기 냄새가 담긴 김이 코로 확 들어왔다. 무거운 냄비 뚜껑에서 물방울이 비처럼 화로 위에 떨어지며 치직거리는 소리를 냈다. 파란색 국자를 집어 감자, 양파, 당근 덩어리들을 섞으며 스튜를 저었다.

불이 더 필요했다. 화로 문을 열고 검게 그을린 부지깽이로 불씨를 넓게 펼쳤다. 장작 통에서 기다란 장작 두 개를 꺼내 빨갛게 타고 있는 숯 위에 올려놓았다.

"나일."

할머니가 뒤에서 조금 쉰 목소리로 불렀다. 할머니가 다가오는 소리를 듣지 못했다.

할머니 목소리를 들어서 얼마나 안심했는지 보이고 싶지 않아 장작 화로 앞에서 조금 더 쭈그리고 있었다. 오렌지색으로 장작이 타면서 뜨거운 열을 뿜어내 얼굴이 거의 익을 지경이었다.

마침내 일어서서 할머니를 마주 보며 말했다.

"타이러스가 앞쪽 방목지에서 한 살배기 양 한 마리를 죽였어요."

"빌어먹을 똥개 같으니라구. 레드에게 알려야겠구나. 나일, 넌 가방을 위층에 놔두고 바로 좀 내려오렴."

"왜요?"

"갔다 온 다음에 얘기해 줄게."

"지금 말씀해 주세요."

할머니는 내 앞에 똑바로 섰다.

"원전 사고 때문에 피난 온 사람들이 우리 집에 머물게 되었단다."

며칠 전, 할머니와 나는 그런 가능성에 대해 의논했다.

"하지만 그러지 않기로 결정했잖아요."

"마음을 바꿨어."

할머니가 말했다. 하지만 내 마음은 그대로였다.

"어디에 있는데요? 뒷방에요?"

전화 수화기를 들면서 할머니가 고개를 끄덕였다.

부엌에서 좁은 계단을 통해 내 방으로 올라가는데 심장이 너무 빨리 뛰어 목까지 울렁거렸다. 가방을 창가 자리에 내려놓았다.

라디오를 켜며 아래층에서 할머니가 레드 잭슨 아저씨와 통화하려고 시도하는 소리를 들었다. 사고 이후엔 전화가 연결되는 데도 시간이 많이 걸렸다. 전화는 반드시 긴급 상황에만 사용해야 했다. 다른 통화는 하지 못했다.

베일리가 내 침대 한가운데서 부드럽게 코를 골고 있었다. 퀼트 이불 위로 몸을 뻗어 베일리를 팔로 감아 안고 턱 밑을 긁어 주었다. 머리를 뒤로 젖히고 눈을 거슴츠레 뜬 채 낮게 갸르릉거리는 베일리 소리가 내 몸 안으로 따듯하게 울려 퍼졌다.

베일리를 무릎에 올려놓고 침대 가장자리에 앉아 라디오를 들었다. 새로운 소식은 거의 없었지만 어쨌든 라디오를 들으며 가만히 앉아 있고 싶었다.

노스 해버샴의 방사능 수치는 정상이었지만 이곳에서 동쪽으로 겨우 30킬로미터 정도 떨어진 곳의 방사능 수치는 치솟고 있었다. 메이 고모와 렘미 고모부네 소들은 한 마리도 빠짐없이 모두 병이 났다. 그리고 내 사촌 동생 베서니도 병에 걸렸다.

침대에 앉아서 베일리를 쓰다듬으며 라디오를 듣는데 할머니가 좁은 계단을 올라오는 소리가 들렸다.

"내려가려던 참이었어요."

내가 말했다.

할머니는 내 방 마룻바닥을 가로질러 창가 자리에 앉았다. 그러고는 갈색 눈으로 내 얼굴을 계속 빤히 바라보았다.

우리는 같이 라디오 방송을 들었다. 베일리는 갸르릉거리며 쥐들한테 하듯이 내 집게손가락을 계속 핥았다. 긴장된 마음이 조금 풀렸다. 어쩌다 베일리가 한 번씩 이빨로 건드리긴 했지만 아플 만큼 세게 깨문 적은 없었다.

뉴스가 계속되는 동안 할머니는 검은 머리 가장자리를 따라 둘러쓴 망사를 손으로 매만졌다.

나는 창가 자리에 앉아 있는 할머니의 호두처럼 둥글고 주름진 얼굴을 자세히 살펴보았다. 연기 기둥 근처를 지나는 헬리콥터에서 한 기자가 뉴스를 전하는데, 라디오가 치직거렸다.

"언젠가는 괜찮아질까요?"

라디오에서 마침내 음악이 흘러나오자 내가 할머니에게 물었다.

할머니는 고개를 저었다.

"한참 동안은 아닐 거야."

"할머니, 눈 속 핏줄을 볼 수 있을 정도로 무지하게 화난 적 있으세요?"

"사고 때문에 화가 났니?"

나는 고개를 끄덕였다.

"네, 그리고 다른 일들도요."

"그렇게 화를 내면 네게도 좋지 않단다."

나는 라디오를 껐다.

"알아요."

"그냥 잊어버리렴. 내려가서 무얼 좀 먹자꾸나."

베일리를 다시 퀼트 이불 가운데에 내려놓고 등 쪽 검은 털을 쓰다듬어 주었다. 할머니가 앞장서서 계단을 내려갔다.

할머니는 천천히 걸었다. 계단의 어둑한 불이 깊은 그림자를 만들어 어디서 한 계단이 끝나고 다음 계단이 시작되는지 알아보기 힘들었다. 할머니는 몸을 한쪽으로 돌려 만질만질하게 닳은 난간을 꼭 잡고 한 계단 한 계단 내려갔다.

나는 눈을 감고도 계단을 내려갈 수 있다. 계단 하나하나의 모양, 내려갈 때 손에 닿는 벽의 감촉도 알고 있다.

부엌에서 할머니는 사과 파이 한 조각과 치즈 한 조각을 잘랐다. 할머니는 그것들을 낡고 얼룩덜룩한 접시에 담아 내 앞에 놓았다.

"네가 먹는 동안 이야기하마."

할머니가 약간 쉰 목소리로 말했다.

나는 복도 쪽을 바라보았다.

"캐일럽이 아직 거기 있어요?"

"어서 먹으렴, 나일."

나는 포크로 파이의 두꺼운 껍질과 사과를 파헤쳐 계피 냄새를 들이마셨다.

“잠시 동안 피난민 둘이 우리 집에 머물 거란다. 오늘 병원에서 데리고 왔어. 근처에 살던 사람이란다. 쿡셔 바로 남쪽에서 왔어. 미리엄 트렌트 부인과 에즈라라는 아들이란다.”

할머니의 말을 들으며, 나는 포크로 사과 조각에 구멍을 냈다.

“고생을 많이 했단다. 원자력발전소 가까이에 살았대. 사고가 있던 날 한밤중에 남편이 전화를 받고 바로 달려갔다는구나. 그리고 나중에 대피 사이렌이 울리자 남자애가 아버지한테 가려고 했대. 그래서 더 방사능에 심하게 노출되었다는구나.”

“알고 싶지 않아요, 할머니.”

할머니는 내 말을 무시한 채 계속 말했다.

“남자애가 지금은 아주 심하게 아프지 않지만, 전에는 무척 아팠고 병원에선 앞으로 다시 나빠질 거래.”

“우리한테 병이 옮을 수도 있나요?”

“아니, 네 사촌 베서니 경우랑 같아. 이건 전염되는 게 아니란다.”

“그 남자애가 다시 심하게 아플 거면 왜 병원에 입원시켜 두지 않아요?”

만약 병원에 머문다면 그 아이가 생명을 건질 수도 있을 것이다.

“병원엔 이미 환자들이 너무 많대. 메이 고모도 베서니를 집으로 데려와야 했잖니. 너도 뉴스에서 들었지?”

나는 파이를 조각조각 내며 고개를 끄덕였다. 식욕이 싹 없어졌다.

노스 해버샴에는 텔레비전이 나오지 않는다. 케이블 방송도 없다. 과학을 담당하는 소벨 선생님은 우리를 위해 뉴스를 녹음해 학교에서 보여 주었다.

"남자애 아버지는 닷새 전에 돌아가셨어. 발전소에서 높은 위치에 있었대. 방사능 피폭 때문에 돌아가신 거야."

할머니가 말했다.

적어도 우리 집에서 죽지는 않았다.

할머니가 계속 말했다.

"사고가 난 다음 날, 정부에서는 쿡서에 있는 다른 사람들과 함께 남자애와 걔 엄마를 대피시켰어."

난 부드럽고 말랑말랑한 사과 조각들을 포크로 으깼다.

"먼저 그 사람들을 마운트 앤소니로 데려갔대. 긴급 의료진이 트렌트 부인과 에즈라를 검사하고는 바로 병원으로 이송했고. 에즈라는 쇼크 상태에 있었고 메스꺼워했대. 하지만 의지가 강한 아이야. 트렌트 부인이 말하는데 고열과 설사가 시작되기 전까지 아버지 곁에서 떠나는 걸 거부했다더라."

나는 포크를 내려놓았다. 그리고 잠시 내 아빠에 대해 생각했다. 엄마가 아프자 아빠는 우리 곁을 떠났다. 엄마를 너무 사랑해 죽는 걸 지켜볼 수가 없다고 했다. 할머니와 할아버지가 보살펴 주도록 엄마와 나를 여기에 데려다 놓고 떠나 버렸다.

아빠가 날 많이 사랑했다고는 생각하지 않는다. 그랬다면 떠나지 않았을 것이다. 내가 죽는 걸 아빠가 보는 것도 아닌데…….

내게서 떠난 건 아빠가 처음이었다. 하지만 마지막은 아니었다. 나는 아빠 기억을 떨쳐 버리려고 했다. 더 이상 아빠를 기억하기 싫었다.

"목장과 남자애를 어떻게 다 돌보실 거예요?"

마음속으로 나는 그 남자애가 죽을 거라는 걸 알았다. 봄이면 어김없이 암양들이 새끼 양을 낳듯 남자애도 분명히 죽을 것이다.

"트렌트 부인과 에즈라는 갈 곳이 없어. 집도, 돈도 없단다. 다 쿡셔에 놔두고 떠나야 했어. 모든 걸 말이야, 나일. 많은 사람들이 이들을 두려워한단다. 혹시 방사능을 옮길까 봐 무서워하고 있어."

먼시와 먼시 부모님도 그럴 것이라 생각하며 나는 식탁 위에서 손가락 끝으로 파이 껍질 조각을 밀고 다녔다.

"트렌트 부인은 아프지 않아. 아들 병간호를 할 거란다. 하지만 약만 가지고는 안 될 거야."

"몇 살인데요?"

"아마 열다섯 살일 거야."

끈끈한 어둠이 나를 뒤덮었다. 열다섯 살. 나보다 겨우 두 살 많은데 그 방에서 죽을 거라니!

할머니는 식탁 의자에 등을 기대고는 천장을 가로지르는 대들보 사이에 길게 걸쳐 있는 거미줄을 유심히 쳐다보았다.

"왜 이런 일이 일어났을까요?"

내가 묻자, 할머니가 나를 바라보았다.

"모두들 그것에 대해 궁금해하고 있단다."

"전 친구를 쉽게 사귀지 못해요, 할머니."

내가 말했다. 특히 남자애들과는 더 그랬다.

나는 뒷방에 다시 가고 싶지 않았다.

"다른 방에 머물게 할 수는 없나요?"

할머니는 천장이 낮은 부엌을 둘러보았다.

"어디에 말이냐? 거실에? 거긴 너무 추워. 따듯해야 하고, 욕실도 가까운 곳이라야 해."

할머니는 식탁에서 일어났다. 할머니의 쪽 찐 머리가 머리 망사 안에서 목 아래쪽으로 처져 있었다. 할머니는 내가 건드리지 않은 치즈를 다시 냉장고에 넣고, 뭉개 놓은 파이는 싱크대 옆 비료 만드는 음식물 수거함에 버렸다.

할머니는 부엌 창가에 서서 뒤쪽 방목지 너머 먼시네 집 쪽을 바라보았다. 할머니가 너무 조그맣게 말해서, 나는 무슨 말인지 알아듣기 위해 의자에서 몸을 앞쪽으로 기울여야 했다.

"나일, 네가 이런 혼란스러운 일에 관련되지 않기를 원하는 건 안다. 하지만 때론 하기 싫은 일도 꼭 해야만 할 때가 있단다."

"그래도 죽은 남자애랑은 친구 하지 않을래요."

"아직 살아 있단다."

"그 방에 있으면 결국 죽을 거예요."

"잘 생각해 보렴. 사람들과 함께 있는 건 좋은 일이란다. 그 사람들이 오랫동안 함께하지 못하더라도 말이야. 아니, 그 사람들이 오래 같이 있지 못한다면 더욱 그래. 이 땅에 있었던 시간을 의미 있게 만들어 주잖니."

"캐일럽이 오후 내내 거기에 있었던 거예요? 그 사람들과 함께 뒷방에요?"

내 물음에 할머니가 고개를 끄덕였다.

"마치 무리에서 떨어져 나온 양이나 되는 것처럼 그 사람들을 꼼짝도 못하게 했단다."

"잘됐네요. 캐일럽보고 돌봐 주라고 하세요."

"캐일럽이 영리한 개이긴 하지만 필요한 일을 다 할 수는 없단다."

"나도 알아요."

트럭이 덜걱거리며 집 앞 진입로로 들어와 브레이크 소리를 내며 부엌문 밖에 섰다.

"레드일 거야."

외투를 입고 장화를 신으며 할머니가 말했다.

나도 외투를 걸친 다음 마스크를 집어 들고 할머니 뒤를 따라갔다.

목에 걸쳐 두었던 마스크를 올려 쓰며 할머니가 앞장서서 문 밖으로 나갔다.

3

나는 어둠 속에 앉아 침실 탁자 위 라디오에서 흘러나오는 조용한 음악을 듣고 있었다. 과학 수업 시간이 머릿속에서 계속 떠올랐다. 오늘은 원전 사고 후 처음으로 정규 수업이 있던 날이다. 수업 진도를 나가는 대신 소벨 선생님은 핵과 관련된 것들에 대해 이야기했다.

과학이 이렇게 일상생활에 밀접하게 다가오지 않았을 때가 더 좋았다. 과제로 주어진 부분만 읽는다면 쉽게 답할 수 있는, 각 과의 끝에 다섯 개씩 질문이 달린 교과서 안에만 잘 머물러 있을 때가.

지난주에 일어난 원전 사고는 답하기 어려운, 두려운 질문들을 던졌다.

사고에서 도망칠 수가 없었다. 사촌 베서니는 무척 아팠다. 고모와 고모부의 농장은 폐허가 되었다. 그리고 이젠 남자애와 개 엄마가 아래층 뒷방에 머물고 있다.

'때론 하기 싫은 일도 해야만 할 때가 있단다.' 라고 할머니가 말했다. 리플리가 먼시를 모욕하는 걸 듣는 것처럼, 죽은 양을 묻기 위해 얼어붙은 땅바닥을 파는 것처럼 말이다.

어떤 방사성 폐기물은 아주 오랫동안 식물과 동물들에게 치명적인 해를 끼칠 수 있다고 소벨 선생님이 말했다. 방사성 입자들은 공기, 물 그리고 땅속으로 퍼진다. 정부와 기업들이 2차 세계대전 이후 치명적인 핵폐기물을 쏟아 내고 있지만, 그것을 아직 안전하게 처리하지 못하고 있다. 이제 쿡셔의 원자력발전소를 청소하는 것에서만도 그런 폐기물은 엄청나게 더 많이 쏟아져 나올 것이다.

아래층에 있는 남자아이 에즈라에 대해 생각했다. 주머니에서 마스크를 꺼내는데 내 거친 손가락이 마스크의 가는 천에 걸렸다.

천을 손가락 사이에서 비벼 보았다. 이렇게 얇은 천이 나를 죽음에서 지켜 줄 수 있을까? 방사능은 볼 수도, 냄새 맡을 수도, 만질 수도 없다. 이 얇은 천 마스크가 정말 방사능을 막아 줄 수 있을까?

베일리가 부엌에서 살며시 올라왔다.

입천장에 대고 혀를 두 번 차니 베일리가 몸을 웅크려 내가 앉아 있는 창가 의자로 뛰어올랐다. 베일리는 무릎 위에서 한 바퀴 빙 돌더니 몸을 둥글게 말고 내 배에 기대어 누웠다.

언제 화장실에 갔다 왔지? 분명히 학교에서 돌아온 뒤에는 가지 않았다. 방광을 덜 누르게 베일리를 조금 움직였다. 화장실은 아래층 뒷방 맞은편에 있다.

좀 편한 자세를 찾으려고 몸을 뒤척였다.

"어쩌면 사람들은 늘상 마스크를 쓰고 있어야 할지도 몰라. 영원히 말이야. 특별 방호복도 입어야 할지 모르고. 동물들 마스크도 만들어야 할걸?"

나는 베일리에게 이야기했다. 천 마스크를 베일리 얼굴에 씌워 보았다. 베일리의 금색 눈동자가 커지고 꼬리 끝 하얀 부분이 씰룩거렸다.

고양이에게 마스크를 쓰게 만들 순 없을 거다. 양에게도 마스크를 씌워 놓을 순 없을 거다. 마스크를 쓰고는 양이 풀을 뜯어 먹을 수 없다. 게다가 먹을 수 있는 풀도 없을 텐데. 방사능에 오염된 지역에 있는 동물들은 모두 굶어 죽거나 아니면 병들어 죽을 것이다. 오염된 풀을 먹고, 오염된 물을 마시고.

방사능에 오염된 세상을 생각하니 무서워졌다.

사람 빼고 모두 다 죽으면 어쩌지? 우주복같이 생긴 방호복을 입고 인공 음식을 먹는 사람들. 서로 만질 수도 없고, 만지고 싶어도, 정말 건드리고 싶어도 방사능 때문에 살과 살을 맞대는 건 끝. 그렇게 되면 인류가 얼마나 더 지속될 수 있을까?

이제 정말 화장실에 가야 했다. 집 밖으로 나가기엔 너무 추웠다.

나는 조용히 계단을 내려갔다. 부엌은 어둠에 잠겨 있었다. 거의 다 탄 장작들이 불 속에서 스러지며 자리를 잡느라 장작 화로에서 절거덕거리고 따닥거리는 소리가 났다. 화로 위에 올려놓은 주전자에서도 물 끓는 소리가 났다.

나는 할머니 방 문을 보려고 화로 연통 옆으로 고개를 길게 뺐다. 문은 닫혀 있고 불빛이 없었다. 라디오에서 나는 조그만 소리가 들릴 뿐이었다. 사고 이후로 할머니는 잠을 잘 때도 라디오를 켜 놓았다.

구겨진 장판 바닥을 조용히 걸어서 화장실로 향했다.

화장실에서 나오니 뒷방 문이 활짝 열려 있었다. 할아버지가 돌아가신 다음 처음으로 그렇게 열려 있는 것이다.

나는 복도 중간에서 멈추어 섰다.

캐일럽이 모직 조각으로 된 바닥 깔개에 앉아 조심스럽게 방을 지키고 있었다. 나는 방 쪽으로 한 발자국 다가가 몸을 굽혀 캐일럽의 부드러운 털을 쓰다듬어 주었다. 캐일럽은 내가 다가가자 고개를 돌려 내 다리에 대고 코를 킁킁거렸다. 나는 용기를 내어 정적에 쌓인 방을 흘끗 둘러보았다.

화장실에서 나온 불빛이 복도를 지나 녹색과 금색이 섞인 칙칙한 벽지 위에 그림자를 드리웠다. 접이식 간이침대엔 한 아주머니(아마도 트렌트 부인일 것이다)가 가냘픈 어깨까지 담요를 덮고 옆으로 누워 있었다. 다른 침대, 즉 죽음의 침대에는 검은색 곱슬머리를 한 남자아이가 누워 있었다. 그 아이는 천장을 바라보고 있었다.

나는 가만히 있었다. 가슴이 두근거렸다. 방을 들여다보았을 때 무얼 기대했는지 모르겠지만 잠을 못 이루고 있는 아이의 모습은 나를 무척 당황케 했다.

에즈라가 병원에서 아버지의 침대 곁을 지키고 있었다던 할머니의 말이 생각났다. 아버지가 원자력발전소에서 높은 직책에 있던 사람이라는 것도.

나는 캐일럽의 목에 난 털에 손가락을 넣고 비비 꼬았다. 웅크리고 앉아 그 아이를 보고 있는 내가 마치 내 집에서 이방인같이 느껴졌지만 꼼짝할 수가 없었다.

어쩌자고 복도를 지나 여기까지 왔을까? 왜 그냥 화장실만 사용하고 바로 위층으로 올라가지 않았을까?

그 남자애가 어떻게 생겼는지 보고 싶었다. 그게 이유였다. 그 아이가 죽기 전에 한번 보고 싶었다.

웅크리고 있느라 다리가 저렸다. 발은 거의 감각이 없었다. 일어나 움직여야 했다.

일어서면서 소리를 냈나 보다. 잘 모르겠다.

천천히 남자애가 고개를 돌려 눈도 깜박이지 않고 나를 빤히 쳐다보았다.

캐일럽이 일어나 내 옆에 섰다.

다리에 캐일럽이 기대어 있다는 느낌만으로도 조금 안심이 되었다. 자리를 떠날 수 있게 발에 피가 빨리 돌게 만들고 싶은 충동이 일었다. 하지만 바늘과 핀으로 찌르는 것같이 다리가 찌릿거리길 기다리면서 에즈라의 시선에 잡혀 꼼짝없이 그 자리에 서 있었다.

마침내 따끔거리는 게 느껴졌다. 나는 뒤로 물러나기 시작했다.

조그맣게, 아주 조그맣게 말소리가 들렸다. 에즈라의 목소리였다.

"나도 개가 있었어."

쿵쾅거리는 가슴을 참으며 복도에서 조금 더 기다렸지만 에즈라는 더 이상 아무 말도 하지 않았다.

부엌에서 내 방으로 올라가는 계단에 다다랐을 때 뒤쪽에서 신음 소리와 구역질하는 소리가 들렸다.

방에 돌아와 창가 자리에 앉아 라디오에서 나오는 뉴스와 아래층에 있는 남자아이에게 귀를 기울였다. 그러다 밤 열두 시가 한참 지나서야 잠옷으로 갈아입고 퀼트 이불 밑으로 들어가 라디오를 껐다.

베일리가 내 옆구리를 파고들며 갸르릉거렸다.

나는 고요한 어둠에 대고 속삭였다.

"걔도 개가 있었대."

베일리는 목 뒤쪽에서 작게 소리를 내며 더 가까이 다가왔다.

오늘 밤 복도를 가로질러 간 것이 과연 잘한 일인가 생각해 보았다. 뒷방과 그 방에 있는 것만으로도 벌써 운명이 결정지어진 남자애한테 한 걸음 다가간 것이다.

그리고 내일, 그러고 싶진 않지만, 다시 그 방으로 가 볼 것이다.

4

따끔거리는 손을 주머니 깊숙이 찔러넣고, 팔은 옆구리에 꼭 붙여 몸이 떨리는 걸 멈추려고 했다. 십일월의 거친 바람이 마스크의 틈을 헤집고 지나갔다.

햇살이 조금 비치는 길가에서 우리가 버스를 기다리는 동안 먼시는 몸을 양옆으로 흔들어 댔다. 우리 뒤로는 나무 널빤지로 바닥을 만든 녹색 철제 다리가 강 위에 놓여 있다.

"피곤해 보여."

먼시가 마스크 사이로 말했다. 먼시 목소리는 높고 가늘어 마치 두려움에 떠는 아이의 목소리 같았다.

마스크 안에서 나는 갈라진 입술에 침을 발랐다. 내 입술과 뺨은 화장을 한 것처럼 항상 너무 빨갰다. 할머니는 내가 너무 오래 밖에 나가 있기 때문에 그렇다고 했다. 나만 그런 것도 아닌데 다른 사람들은 나처럼 얼굴이 빨갛지 않다.

"늦게 자서 그래."

바람을 등지며 내가 말했다.

"이젠 숙제하러 아예 오지 않는구나."

나는 어깨를 으쓱했다.

"시간이 좀 없어서."

뱃속이 꼬이듯 뒤틀렸다. 농장 일도 있는 데다가 이제 에즈라와 트렌트 아주머니 때문에 먼시와 함께할 시간을 내기 힘들 것이다.

"영어 글쓰기 숙제 끝냈니?"

나는 고개를 끄덕였다. 양털 모자 안쪽 머리가 간지러웠다.

부엌문을 나서는데 할머니가 이 모자를 건네주었다.

"귀 밑까지 푹 눌러쓰렴."

내 머리카락은 가늘고 옅은 꿀색이다. 모자를 쓸 때마다 미친 것처럼 엄청 뻗쳤다.

"모자 없어도 돼요."

"그래도 써."

나는 기분이 나빠 모자를 머리에 푹 눌러썼다.

"남자애 봤니?"

할머니가 물었다.

"네."

할머니는 고개를 끄덕였지만, 주름살은 거의 펴지지 않았다.

"나일, 영어 글쓰기는 무엇에 대해 썼냐고 물었잖아?"

먼시가 말했다.

나는 눈을 깜박였다. 추위 때문에 눈물이 고였다. 버스가 왜 이리 안 오는 거지?

"M. C.가 산을 떠났어야 한다고 생각하니?"

먼시가 물었다.

"무슨 산?"

"새러네 산 말이야."

화가 난 듯 먼시의 목소리가 차가웠다.

"아…… M. C. 히긴스."

먼시는 영어 시간에 읽기를 막 끝낸 책, 깊은 산속에 살고 있는 소년과 그 가족에 대한 이야기를 하고 있었다.

"물론이지, 당연히 떠났어야 했어. 죽음의 산이었잖아. 모두 죽었을 거야. 틀림없어. 책이 끝난 다음에 말이야."

먼시는 자기 장화를 내려다보았다.

"난 그 가족이 남아서 좋았어. 산과 잘 어울렸잖아. 거기엔 자기들만의 공간이 있었고. 어쩌면 다른 곳에 가선 적응하지 못했을 거야."

"그럴 수도 있겠지. 하지만 다른 곳으로 갔다면 더 나은 삶을 살 수 있었을지도 모르잖아."

내가 대답했다.

"어차피 죽을 거였어. 다른 곳으로 가나 남아 있으나. 난 남아서 다행이라고 생각해."

먼시가 말했다.

"너, 원전 사고 피난민들도 그냥 거기 남아 있어야 한다고 생각하니?"

"그래. 아니……."

먼시가 대답했다.

나는 먼시를 빤히 바라보았다.

"잘 모르겠어. 어쨌든 내 근처에는 오지 않았으면 좋겠어."

먼시는 장화 끝으로 돌멩이 하나를 찻길로 찼다.

"목장 일 끝난 다음에 놀러 올 거니?"

"못 가. 할머니는 내가 필요하시대."

"무슨 일로?"

"네가 할머니한테 여쭤 보는 게 어때?"

먼시는 늘 할머니를 피해 다녔다.

먼시가 안경 뒤에서 눈을 껌뻑이며 물었다.

"집에 무슨 중요한 일이 있는 거야?"

나는 계곡 쪽을 바라보며 어깨를 으쓱했다. 추위에 살짝 얼은 강이 느릿느릿 흘러 내려갔다.

나는 양들이 점처럼 모여 있는 앞쪽 방목지 너머를 바라보았다. 커튼이 쳐진 창가에 눈길이 머물렀다. 먼시에게 에즈라에 대해 말하고 싫었지만 용기가 나지 않았다.

"할머니한테 집에 있겠다고 약속했어. 그게 다야."

먼시는 다른 돌멩이를 또 찻길 쪽으로 찼다.

"일부러 그러는 것 아니야, 먼시."

"나랑 공부하기 싫은 거지, 그치?"

마스크 때문에 먼시에게 보이진 않았지만 나는 침울한 표정을 지었다.

"리플리가 어제 한 말 때문이지? 너도 내가 멍청하다고 생각하는 거지?"

먼시가 안경을 콧날까지 밀어 올리는 바람에 눈이 확대되어 보였다.

나는 바람을 등지고 서서 먼시에게 부는 찬바람을 막고 있었다. 먼시 부모님이 매일 아침 먼시를 머리부터 발끝까지 꽁꽁 싸매 입혀 언덕길을 내려 보냈지만, 그래도 먼시를 보호해 주어야만 할 것 같았다. 먼시는 정말 작았다.

나는 모자를 벗고 머리를 긁었다. 바람에 갈린 머리 가닥이 눈을 때렸다.

먼시는 외투 지퍼를 만지작거리고 있었다.

"먼시, 리플리가 어제 한 말에 신경 쓰지 마."

나는 먼시를 내려다보며 말했다.

"신경 안 써."

눈물 고인 눈으로 칙칙한 녹색으로 덮인 언덕을 바라보며, 나는 내가 서 있던 세계가 원전 사고 때문에 모두 무너져 사라지는 것을 느꼈다. 눈덩이처럼 내 머리 위로 쏟아져 내렸다.

"난 그 말이 너를 신경 쓰이게 만들었는지 확인하고 싶었을 뿐이야."

먼시가 마스크 사이로 말했다.

"안 쓰여."

마스크 위로 보이는 먼시의 뺨 주위가 빨갛게 변했다.

"그럼 뭐가 문젠데?"

"아무것도 아니야."

"나랑 상관있는 일이야?"

"모든 게 너랑 관계가 있어야 하니?"

내가 물었다.

"아니. 그럼 내 행동이 문제니?"

먼시가 말했다.

나는 고개를 끄덕였다. 추위 때문에 코 안쪽이 오그라들었다.

"진짜론 날 안 좋아하지, 그치? 내가 너네 할머니 목장에 살고 있기 때문에 그냥 참고 있는 거지?"

먼시가 물었다.

나는 먼시에게 인상을 썼다.

"물론 널 좋아해. 넌 내 가장 친한 친구잖아. 애기처럼 굴지 마. 넌 항상 애기처럼 행동한다고."

"아냐, 내가 언제 애기처럼 굴었다고 그래?"

"음…… 우리가 제일 친한 친구인 것 말이야. 왜 그걸 물어봐야 하는데? 바보 같아. 그리고 남자애들 앞에서 하는 네 행동 말이야."

먼시는 팔을 들어 통통한 주먹으로 나를 툭 쳤다.

"남자애들 얘기는 갑자기 왜 꺼내는데?"

"아니야."

"너 좋아하는 애 없지? 있어?"

나는 마스크 위로 코끝을 잡았다. 손가락이 따끔거렸다. 할머니가 모자를 주었을 때 장갑도 함께 주었으면 좋았을걸.

길을 뚫어지게 보며 버스를 기다렸다. 헐네 집 앞에 서려고 버스가 속도를 줄이는 소리가 들렸다. 헐네 가족은 우리 이웃에서 사고 후 피난을 가지 않은 몇 안 되는 가족이었다.

먼시가 고개를 한쪽으로 기울이며 물었다.

"너 좋아하는 애 있지?"

나는 어젯밤에 천장을 바라보고 있던 에즈라를 생각했다. 어둠에 잠겨 있던 에즈라의 곱슬머리를. 나는 에즈라가 뒷방, 죽음의 방에 있는 것을 생각했다.

"아니, 없어."

5

학교도 다녀오고 저녁 집안일도 다 끝냈다. 곧바로 방으로 올라와 라디오를 켰다. 아나운서가 원자력발전소에 있는 비상 대책반이 직면한 문제들에 대해 끊임없이 이야기하고 있었다.

라디오를 듣는 동안 선반에 놓인 내 보물들을 하나하나 만지며 찬찬히 방 안을 둘러보았다. 피난을 떠나야 한다면 잃어버릴 내 보물들. 강에서 주운 돌들, 도토리들, 새집과 깃털들, 보석처럼 불투명한 유리병, 녹슨 허리띠 버클, 오래된 시계 앞판들이 든 상자……. 온갖 것들이 내 선반에 잔뜩 올라와 있다. 만약 바람 방향이 우리 쪽으로 바뀐다면 방사능이 모든 걸 다 오염시킬 것이다.

침대 옆 선반에는 독서 프로그램에서 내가 여러 해에 걸쳐 고른 책들이 꽂혀 있다. 얇은 책들에 적혀 있는 제목을 읽었다.

뒷방과 에즈라는 날 아주 불편하게 했지만 어쨌든 내려가 봐야 했다. 그 남자애와 말을 하는 건 상상하기 싫었지만 어쩌면 책은 읽어 줄 수 있을 것 같다.

베일리가 거들먹거리며 걸어오더니 앞 발톱으로 청바지를 짚고 내 다리 위로 기어 올라왔다.

"너도 에즈라를 보러 가고 싶니?"

고양이를 들어 올려 집게손가락으로 턱 밑 짧은 털을 간지럽혀 주면서 물었다.

베일리가 갸르릉거리며 목을 쭉 뻗어서, 더 많이 쓰다듬어 주어야 했다.

"베일리, 넌 행복한 늙은 고양이야. 내키지 않는 일은 절대로 하지 않아도 되잖아."

에즈라에게《위대한 M. C. 히긴스》를 읽어 줄 수도 있겠지만, 학교 수업에서 바로 전에 읽었다. 이렇게 빨리 이 책을 다시 읽고 싶지는 않다. 게다가 여자애가 남자애한테 읽어 주기엔 좀 창피한 부분도 있다.

《슬레이크의 연옥》에 손길이 멈췄다. 2년 전 내가 6학년일 때 독서 프로그램에서 고른 책이다. 책 볼 시간이 늘 모자랐지만 이 책은 네 번이나 꼼꼼히 읽었다. 슬레이크는 자기만의 세상에서 늘 혼자였다. 난 그 아이가 어떻게 느꼈는지 알 수 있다. 정말 이해할 수 있다. 하지만 기차역 밖으로 전혀 나가지 않다니! 그 아이는 나보다 훨씬 더 힘들었을 거다. 햇살을 전혀 보지 못하게 된다면, 한낮의 햇살을 한 번도 못 보고 산다면 정말 어떨까?

나는 책을 꺼내 들고 아래층에 있는 아이와 뒷방에 쳐져 있는 커튼을 생각했다. 이 책이 적당했다. 이보다 더 나은 책은 없을 것이다.

계단을 내려가며 단정하게 보이려고 손가락으로 머리카락을 빗었다. 부엌에서는 효모 냄새가 났다. 빵이 부풀어 오르고 있었다. 할머니가 장작을 다 패고 돌아오실 때면 구운 빵 냄새가 집 안에 가득 차겠지.

목청을 가다듬고, 스웨터 끝을 잡아당기며, 천천히 구부정하게 걸어 복도를 지나갔다.

뒷방에 들어가자 남자애 침대 옆 꽃 장식이 있는 낡은 의자에서 한 아주머니가 일어섰다. 복도에서 보니 아주머니는 젊어 보였고, 야윈 얼굴이 어깨 정도까지 내려오는 머리카락에 감싸여 있었다.

"네가 나일이지? 나는 트렌트 아줌마란다."

아주머니가 외국 억양이 있는 말투로 말했다. 아주머니는 아주 정중하고 우아했다.

아주머니는 손을 내밀다 내 거친 손과 지저분한 손톱을 보더니 잠시 머뭇거렸다. 아주머니의 손등은 실제 나이를 드러냈다. 사십대 후반이나 오십대 초반 정도로 보였다. 우리는 악수를 했다.

"저기, 날 따라 복도로 좀 나와 주겠니?"

아주머니가 말했다. 그리고 에즈라를 한번 내려다보더니 앞장서서 천천히 복도로 나가 뒷방 문을 닫았다.

나는 남자애를 혼자 죽음의 방에 남겨두고 그렇게 방문을 닫는 게 싫었다.

"우리를 집에 초대해 주어 고맙구나."

아주머니는 힘겹게 몸을 움직였다. 아주머니의 크고 푸른 눈, 꼭 새로 난 도토리처럼 푸른 눈 주위에 잔주름들이 많이 있었다. 닳아서 올이 드러나 보이는 긴 실내복과 낡은 스웨터, 갈색 샌들……. 입고 있는 옷이 아주머니와 잘 어울리지 않았다.

피난민들은 오염 지역을 떠나며 아무것도 가지고 나올 수 없었다. 방사능 오염은 모든 걸 망쳐 놓았다. 심지어 신발도 자기 것을 신지 못했다. 피난민들은 모두 기부받은 옷을 입고 있다.

아주머니의 머리카락은 나보다 약간 짧았지만 옆으로 갈라서 빙 돌린 스타일은 나랑 같았다. 나는 그냥 내렸고 아주머니는 웨이브를 준 것만 달랐다.

"책을 가져왔구나. 좀 볼 수 있겠니?"

나는 아주머니가 제목을 읽을 수 있게 표지가 위로 오도록 책을 돌렸다.

"한 번도 들어 본 적 없는 책이구나."

"기차역에서 살고 있는 남자애 이야기예요. 에즈라에게 조금 읽어 주면 어떨까 생각했어요. 물론 괜찮으시다면 말이에요."

"네 말을 알아듣지 못할 수도 있단다. 의사 선생님들이 며칠 내에 에즈라가 다시 아플 수 있다고 말했단다. 병이 예상보다 아주 빨리 재발했어."

아주머니의 말에 나는 고개를 끄덕였다.

"우리가 여기 있는 게 너한테 많이 불편하지 않았으면 좋겠다."

나는 발을 내려다보았다. 오른쪽 양말에 구멍이 나 있었다.

"네 친구들이 우리가 머무는 걸 싫어하지 않을까 걱정이구나."

나는 먼시를 생각하며 어깨를 으쓱했다.

"어쩌면 이런 이야기를 하고 싶지 않겠다. 에즈라도 어떤 생각들은 비밀로 해 두고 싶어 하더라. 병원에서도 아빠 곁에 있으려고 자기가 아픈 걸 숨겼거든."

아주머니의 목이 갑자기 메었다. 아주머니의 푸른 눈이 내 얼굴을 피했다.

"그러다 더 이상 아픈 걸 숨기지 못하게 되었지. 의사 선생님들은 최선을 다했어. 그리고 여기에 오게 되었단다. 에즈라는 네 집에 온 뒤로 한마디도 말을 안 했어."

엄지손가락으로 숨통을 누르는 것처럼 나는 목구멍이 묵직해지는 느낌을 받았다.

"에즈라의 열이 오르고 있어. 에즈라 곁에 좀 있어 줄 수 있겠니? 혼자 있으면 안 되거든."

아주머니가 턱을 치켜들며 침을 삼켰다. 그러고는 옆으로 비키며 다시 뒷방 문을 열었다.

에즈라는 그대로 있었다. 깃털 베개에 머리를 깊이 묻은 채 침대에 등을 대고 누워 있었다.

어젯밤에는 어두워서 알아채지 못했지만 에즈라의 눈은 특이한 모양을 하고 있었다. 눈 끝이 아래로 처져 있었다. 눈 때문에 에즈라의 얼굴은 내가 알던 어떤 얼굴과도 다르게 보였다. 한쪽 눈썹 위에는 반달 모양의 작은 흉터가 있었다.

방에는 병 냄새가 배어 있었다. 할아버지가 돌아가실 때, 엄마가 돌아가실 때 났던 그런 냄새였다. 에즈라의 커다란 손이 퀼트 이불 위로 올라와 있었다. 에즈라는 할아버지의 낡은 잠옷처럼 보이는 옷을 입고 있었다.

캐일럽이 문 옆에서 꾸벅꾸벅 졸고 있었다.

나는 무릎을 구부려 캐일럽의 옆구리를 쓰다듬어 주었다.

고개를 들며 캐일럽은 젖은 혀로 내 손을 핥더니 털썩 드러누워 숨을 한 번 크게 쉬고 다시 잠에 빠졌다.

아주머니는 잠시 에즈라를 바라보더니 방에서 나갔다.

벽에 있는 콘센트에서 작은 야간 등이 빛나고 있었다. 복도 불빛도 타원형 양탄자를 가로질러 비치고 있었다. 커튼은 꼭 닫혀 있었다.

"안녕, 에즈라?"

인사를 했지만, 에즈라는 힘들여 숨을 쉬느라 가슴이 오르내리기만 할 뿐 꼼짝하지 않았다.

평온하게 숨을 거두도록 가만히 놔두어야만 할 것 같았다.

하지만 할머니는 내가 에즈라 곁에 있기를 바랐고, 트렌트 아주머니도 마찬가지였다.

무슨 말을 더 해야 할지 몰랐다. 그래서 책을 펼치고 복도 불빛에 비추며 소리 내어 읽기 시작했다.

얼마 후 에즈라가 고개를 내 쪽으로 돌리더니 눈을 떴다.

에즈라는 눈을 깜박이며 나를 빤히 바라보았다. 내게 초점을 맞추려고 하는 것 같았다.

"난 나일 솜머야. 넌 우리 집에 있는 거고."

에즈라가 고개를 끄덕였다. 움직이는 게 고통스러운 것 같았다. 에즈라는 다시 눈을 감았다.

나는 숨도 크게 쉬지 않으려고 노력하면서 꽃무늬 의자에 앉아 있었다. 할머니는 그럴 리 없다고 했지만 난 아직도 방사능에 감염될까 봐 걱정이 됐다.

"이 책 아니?"

내가 물었다.

에즈라는 눈을 계속 감고 있었다. 숨소리가 마치 자갈밭을 밟고 지나가는 발자국 소리 같았다. 이불 밑에서 발작하듯 다리를 움직였다. 입에선 때때로 작은 신음 소리가 흘러나왔다.

"재밌는 책이야."

나는 잠시 기다렸다 다시 말했다.

"좀 더 읽어 줄까? 처음부터 다시 읽을까?"

그리고 조그만 목소리로 다시 읽기 시작했다. 아픈 에즈라 곁에서 너무 큰 소리를 내는 게 두려웠다.

이따금씩 에즈라가 눈을 떴다. 에즈라는 캐일럽이 내 발 왼쪽에서 방 안으로 살금살금 들어오는 것을 뚫어지게 바라보았다.

하지만 에즈라는 다시 나를 쳐다보지 않았다.

마침내 할머니가 부엌에서 덜그럭거리며 다니는 소리가 들렸다. 따뜻하고 맛있는 빵이 구워지는 냄새가 났다. 트렌트 아주머니가 조용히 복도를 걸어와 똑바로 선 채 매니큐어 바른 손으로 내게 이제 가도 된다고 신호를 주었다.

"고마워."

나를 내보내며 아주머니가 말했다.

아주머니는 나를 지나쳐 뒷방으로 들어간 뒤 바로 에즈라의 눈 위로 내려온 곱슬머리를 치워 주었다. 아주머니는 에즈라 이마에 입을 맞추었다.

문가에 서서 아주머니가 물수건을 짜서 에즈라 이마에 올려 주는 것을 보았다. 아주머니는 내가 모르는 언어로 기도처럼 들리는 말을 속삭였다. 에즈라와 아주머니는 함께 붙어 있었다. 에즈라의 병이라는 어두운 세계에 단둘이.

6

다음 날은 비가 억수같이 내렸다. 사람들은 비를 두려워했다. 원전에서 나온 방사능 낙진이 섞여 있을까 봐 공포에 떨었다. 비는 버몬트 주와 대서양 사이에 있는 지역을 죽음의 땅으로 만들었다.

페리 교장 선생님은 할머니가 집에서 쓰는 것보다 훨씬 정확한 방사능 측정기를 사용했다. 선생님은 매일 아침 학교 버스를 보내기 전에 공기 중의 방사능 수치를 측정했다. 또 매일 오후 우리를 하교시키기 전에도 다시 방사능 수치를 측정했다.

사고가 난 지 10일이 지났을 때, 점심시간 조금 전에 페리 교장 선생님이 교내 방송을 통해 말했다.

"오늘 아침 일찍 방사능 유출을 막는 데 성공했다고 합니다. 이제 공기가 안전하다고 합니다. 비도 안전합니다. 마스크를 벗어도 됩니다."

교장 선생님의 목소리는 안도감으로 떨렸다.

우리 반 아이 십여 명이 환호성을 지르며 교실을 뛰쳐나갔다. 어떤 애들은 바로 쓰레기통으로 가서 마스크를 집어 던졌다. 나는 그러지 않았다. 마스크를 벗기는 했지만 버리진 않을 작정이었다.

먼시도 마스크를 버리지 않았다. 먼시는 부모님이 괜찮다고 할 때까지 반드시 마스크를 쓰고 있으라는 엄한 지시를 받았다. 하교 버스에 올라탔을 때 먼시 혼자만 마스크를 쓰고 있었다. 먼시를 튀게 만드는 일이 하나 더 생긴 거다. 오늘이 지나면 먼시 부모님도 먼시에게 마스크를 벗어도 좋다고 할지 모른다.

나는 버스 창문 너머로 길을 따라 버려진 집들을 바라보았다. 방사능 유출을 막았다고 하니 사람들도 돌아올 것이다. 나는 위로받고 싶었다. 모든 것이 다 괜찮아질 거라고 믿고 싶었다, 에즈라마저도. 하지만 소벨 선생님이 방사능과 방사능 오염 물질에 대해 이야기한 것을 듣고 나니 아무래도 안심이 되지 않았다.

정류장에서 먼시가 커다란 머리를 건들거리고 웃으면서 내 뒤를 따라 버스에서 뛰어내렸다. 먼시는 비가 안경에 부딪치도록, 마스크를 푹 적시도록 가만히 서 있었다.

우리 뒤로 문이 닫히고 버스가 천천히 출발했다.

"이제 안전해, 모두 안전해."

먼시가 노래를 불렀다.

계속 퍼붓는 비를 맞으며 집으로 걸어가니 머리카락에서 물이 뚝 뚝 떨어지고 얼음처럼 차가운 빗방울이 뺨과 목을 타고 흘러내렸다. 반쯤 얼어붙은 빗방울들이 먼시의 콧등을 타고 흘러내렸다.

커다란 장화 때문에 어색하게 걷던 먼시가 물구덩이를 뛰어넘다가 돌 등을 밟았다. 돌이 발밑에서 구르는 바람에 먼시가 넘어졌다. 차가운 물에 쓰러지며 먼시는 놀라서 숨을 크게 들이마셨다.

"괜찮니?"

먼시 쪽으로 몸을 굽히며 물었다.

먼시는 두 주먹을 쥐더니 물구덩이를 마구 쳐 차가운 물이 우리 둘에게 튀게 하고는 깔깔 웃었다. 나는 고개를 저었다.

"일어나."

나는 먼시를 일으켜 세우며 말했다.

우리는 밀집해 모여 있는 양떼 옆을 지나 언덕을 계속 올라갔다. 빗물이 두꺼운 양털 사이로 줄줄 흘러내리고 있을 것이다. 내 양말이 낡은 장화 안에서 철벅거렸다.

나는 우리 집 진입로에 도착해서 먼시가 숨을 고르는 동안 잠시 멈춰 섰다.

"우리 집에 가서 코코아 마실래?"

먼시가 물었다.

나는 잠시 망설이다 대답했다.

"못 가."

먼시는 콧날까지 안경을 밀어 올렸다.

"그래?"

실망한 얼굴로 먼시는 천천히 언덕을 올라가기 시작했다.

"네가 다 올라갈 때까지 여기서 지켜보고 있을까?"

먼시 등에 대고 소리쳤다.

우비와 모자 때문에 노란 버섯처럼 보이는 먼시가 어깨를 으쓱했다.

"넌 그럴 시간 없잖아."

먼시를 따라잡으려고 언덕을 달려 올라갔다. 먼시는 나를 외면하고 계속 걸어갔다.

트렌트 아주머니 가족이 우리 사이에 이렇게 빨리 끼어들다니. 무거운 장화로 길에 박혀 있는 돌멩이를 걷어 찼다.

하지만 먼시에게 에즈라와 트렌트 아주머니에 대해 말할 수가 없었다. 만약 먼시한테 아무 문제가 없었다면, 만약 먼시의 부모님이 방사능에 대해 그렇게 걱정하지 않았다면 말할 수 있을 것이다. 하지만 문제가 있고 걱정을 했다.

나는 바로 집으로 들어가지 않고 밖에서 오후 일을 시작했다. 어차피 푹 젖었으니 차라리 그렇게 하는 편이 나았다.

일을 끝내고 집 안으로 들어가자 할머니가 부엌문 앞에서 낡은 수건을 들고 나를 맞아 주었다. 수건으로 어깨를 감싸고 곧장 장작 화로 쪽으로 갔다.

나는 가방을 열고 구겨진 마스크를 꺼내 눈앞에서 흔들었다.

"발전소 소식 들으셨어요?"

할머니가 고개를 끄덕였다.

"이제 마스크는 갖다 버리렴. 듣자마자 내 것은 던져 버렸단다."

하지만 난 마스크를 부엌에 있는 고리에 걸었다.

"기념품이에요."

나는 무엇이든 버리는 게 싫었다.

"코코아 타 놓았어. 말리고 있으렴."

할머니가 코코아 컵을 가져다주는 동안 나는 수건으로 머리를 문질렀다. 그리고 화로 앞에 서서 앞에서 뒤로, 뒤에서 앞으로 빙빙 돌았다. 청바지에서 김이 올라왔다.

"에즈라와 트렌트 아주머니는 아직 여기 있어요?"

따듯하고 달콤한 코코아를 마시며 할머니에게 물었다.

"물론이지. 어딜 갈 수 있겠니."

나는 코코아를 다 마시고, 윗입술에 콧수염처럼 묻은 코코아를 엄지손가락으로 쓱 문질러 닦았다.

계단으로 내 방에 올라가 마른 옷으로 갈아입었다. 창가에서 목장을 둘러보았다. 십일월의 잿빛으로 덮인 목장은 무척 부드러워 보였다. 에즈라에게 읽을 책을 집어 들기 전 한참 동안 창가에 서 있었다.

자, 이제 가야지. 하지만 계단 쪽으로 걸어가지 않았다. 대신 침대에 앉아 베일리를 쓰다듬었다.

엄마도 돌아가셨다.

할아버지도 돌아가셨다.

나는 고개를 숙여 베일리의 옆구리에 있는 부드러운 털에 볼을 문질렀다. 갸르릉거리는 베일리의 소리가 부드럽게 내 귀를 울렸다.

에즈라도 아마 죽을 것이다.

트렌트 아주머니가 날 뒷방 밖에서 맞아 주었다.

"병세가 더 심해졌단다. 하루 넘게 아무것도 먹지 못했어. 침대 옆 탁자에 작은 천과 설탕물이 있단다. 같이 있는 동안 에즈라 입술에 갖다 대 줄 수 있겠니?"

나는 잠시 망설였다. 할머니는 내게 에즈라를 간호하는 건 신경 쓰지 않아도 될 거라고 했다. 휴대용 변기를 비우는 것도, 에즈라가 토하거나 설사를 했을 때 치우는 일도 하지 않아도 된다고 했다. 그게 약속이었다. 아주머니는 무슨 권리로 내게 에즈라의 병 간호를 해 달라고 하는 걸까? 에즈라에게 손을 댄다는 생각만으로도 속이 오싹했다.

하지만 아주머니는 정말 힘들어 보였다.

나는 마지못해 고개를 끄덕였다. 에즈라를 간호하기 싫지만 이게 원하지 않아도 해야 할 일 중 하나라고 생각하면서.

"그렇게 할게요. 아주머니는 좀 쉬세요."

계속 아주머니 혼자 에즈라를 돌본다면 뒷방이 둘 다 잡아먹을 것 같았다.

하지만 아주머니는 간이침대에 눕지 않고 화장실 쪽으로 걸어갔다.

나는 책을 꽃무늬 의자에 내려놓았다. 에즈라는 전날 보았을 때보다 더 작아 보였다. 쪼그라든 것 같았다. 그래서 처진 눈가와 눈썹 위의 조그만 달 모양 상처가 눈에 확 들어왔다. 이따금씩 에즈라는 담요 밑에서 몸을 부르르 떨었다.

나는 가까이 가기를 주저하며 잠시 그대로 서 있었다. 그러다 결국 침대에 다가갔다. 천을 들어 차가운 물그릇에 담갔다.

손가락이 에즈라의 피부를 스치지 않게 조심하며 천을 에즈라 입술에 갖다 댔다. 에즈라가 소리를 냈다. 목구멍 깊은 곳에서부터 나오는 신음 같은 소리. 하지만 눈을 뜨진 않았다.

"나야, 나일 솜너. 어제 왔었잖아?"

나는 천을 에즈라 입술에 다시 갔다 댔다.

"책을 조금 더 읽어 주러 왔어. 듣고 싶니?"

아무런 대답이 없었다.

이 방에 누워 있던 할아버지 생각이 났다. 할아버지는 돌아가시기 전에 음식을 먹지 않았다. 하지만 얼음 조각을 빠는 건 좋아했다. 입이 마른다고 했다. 나는 네모난 얼음 조각들을 수건에 싸서 조그맣게 될 때까지 망치로 내려치곤 했다. 할아버지는 얼음을 빨며 등을 받치고 침대에 누워 있었다. 할아버지를 여기 그대로 머물게 하기 위해, 할아버지가 살아 있도록 내가 생각해 낼 수 있는 온갖 이야기를 다 하는 동안 할아버지는 창밖만 내다보았다. 매일 저녁 할아버지 곁을 떠나기 전, 나는 할아버지한테 기다려 달라고 했다. 아침에 다시 오겠다고.

하지만 할아버지는 돌아가셨다.

할머니는 눈물조차 흘리지 않았다. 바로 다음 날 일어나자마자 우리 목장에 있는 양 울타리들을 하나도 빠짐없이 모두 옮겨 쳤다.

장례식이 끝나고 사람들이 모두 집으로 돌아가 우리만 남게 되자, 나도 장화를 신고 밖으로 나가 울타리를 옮겼다.

젖은 손을 청바지에 문지르며 에즈라에게 물을 조금 더 주었다.

머리 위에서 빗방울이 양철 지붕에 톡, 톡 일정한 소리를 내며 떨어졌다. 깨끗한 빗물. 방사능에 오염되지 않은 빗물.

톡, 톡, 톡. 빗소리를 듣고 싶었다. 내리는 비를 보고 싶었다. 눈으로 바뀌면 좋겠는데. 나는 천천히 창가로 걸어갔다. 커튼을 닫아 둘 이유가 더 이상 없다. 에즈라를 방사능으로부터 보호하려고 노력할 필요가 없다. 에즈라는 이제 안전했다. 방사능 오염 지역 밖에 있는 우리는 이제 모두 안전했다. 나는 커튼을 열어 좋은 어둠, 깨끗한 어둠을 맞아들이려고 손을 뻗었다.

아주머니가 옆에 나타났다.

"건드리지 마. 제발."

난 깜짝 놀라 움찔했다.

"에즈라는 커튼이 쳐진 채로 있기를 원해."

나는 꽃무늬 의자에 앉으며 얇은 책을 꼭 쥐고 아주머니가 나가길 기다렸다.

7

왜 이젠 놀러 오지 않냐고 먼시가 물었지만, 나는 그 말을 무시했다. 거짓말하는 것보다 나았다. 먼시에게 사실대로 말할 수가 없었다. 마을을 떠나는 데 사람들에게 특별한 핑계가 필요하지 않았다. 떠나고 싶은 수많은 이유들이 있는데 어떻게 먼시네 가족이 남아 있을 거라고 믿을 수 있을까?

하루는 역사 수업에 들어가니 해스킨스 선생님이 돌아와 있었다. 선생님은 읽던 신문 기사에서 눈을 떼고 우리에게 고개를 끄덕여 인사했다.

원자력발전소에서 사고가 나자 해스킨스 선생님은 휴가를 내고 떠났다. 많은 선생님들이 그랬다. 지금까지 겨우 몇 선생님만 다시 돌아왔다.

해스킨스 선생님은 좋은 분이다. 선생님은 역사 시간이 재미있게 느껴지도록 수업을 진행했다.

수업 시작종이 울리자, 선생님은 읽고 있던 신문을 손에 들고 자리에서 일어났다.

선생님은 자기 책상 앞쪽으로 가더니 모서리에 반쯤 걸쳐 앉았다.

선생님은 보스턴 출신이다. 그래서 보스턴 말투를 썼다. 선생님한테는 '보스턴 글로브' 신문이 모든 사안에 대해 최고의 권위를 갖고 있었다. 하지만 오늘 선생님이 손에 들고 있는 신문은 '보스턴 글로브' 가 아니었다. 오늘은 우리한테 '보스턴 글로브' 를 읽어 줄 수가 없었다. '보스턴 글로브' 가 더 이상 존재하지 않기 때문이다. 보스턴은 사라졌다. 건물들은 아직 서 있고, 집들도, 신호등들도, 가게들도, 공원들도 그대로 남아 있다. '보스턴 글로브' 신문사 사무실도 아직 있다. 하지만 남아 있는 사람이 없었다. 단 한 명도.

선생님 가족이나 친구들 중 누군가가 무사히 빠져나오지 못했으면 어쩌지?

"체스터 아서 대통령에 대해선 좀 더 있다가 이야기하자. 오늘은 다른 주제에 대해 이야기하고 싶구나."

선생님이 말했다.

나는 손가락으로 역사책의 날카로운 모서리를 만지작거렸다.

"유출되는 방사능을 막은 걸로 이 비상 사태가 끝난 게 아니란 건 알지?"

선생님이 이야기를 시작했다.

또다시 배 속을 쥐어짜는 것 같은 느낌이 왔다.

"과학 시간에 핵에 관련된 이야기를 하고 있었지?"

댄 테일러가 몸을 앞으로 기울이며 모자를 벗어 자기 책상 위에 올려놓았다. 댄은 항상 챙 넓은 모자에 아빠 양복 상의와 청바지를 입고 다녔다. 댄네 가족이 원전 사고 후에도 계속 남아 있었다는 게 놀랍기만 하다. 그 가족은 떠날 줄 알았는데 말이다.

선생님은 심호흡을 했다.

"수백만의 사람들이 집도 잃고, 직장도 잃고, 사랑하는 사람들과 헤어지게 되었단다. 수백 명이 사고를 피하려다가 죽었고, 수천 명이 더 죽을 거야. 암에 걸려서."

리플리가 말했다.

"보스턴엔 어차피 사람이 너무 많았어요."

애들 몇 명이 낄낄거렸다.

"방사능 낙진을 인구 제한의 한 방법으로 사용한다는 건 생각만 해도 정말 무섭구나."

선생님이 대답했다.

리플리는 멍들지 않은 쪽 눈으로 선생님을 노려봤다.

나는 손톱 끝이 갈라져 피가 맺혀 있는 곳을 손가락으로 누르며 손을 들었다.

"우리가 그 암에 걸릴 수천 명 중에 일부인가요?"

나는 평소처럼 숨을 쉬려고 애썼다. 엄마와 할아버지 모두 암으로 돌아가셨다.

아이들이 선생님을 쳐다봤다.

"잘 모르겠구나. 그건 모두 바람이 어느 쪽으로 불지, 어디에 비가 내릴지에 달려 있단다. 하지만 이 사고는 어떤 방식으로든 우리 삶에 영향을 끼칠 거란다."

선생님은 보스턴에 살고 있던 가족을 생각하는 걸까?

"너희들 중 농사를 짓거나 가축을 키우는 집도 있지만 앞으로 몇 년 동안 땅을 사용하는 게 얼마나 안전할까? 아무도 모른단다."

우리 양들과 식림지, 고모와 고모부, 베서니와 에즈라……. 이들을 생각하니 배 속에 경련이 일어났다.

"오늘 너희들이 해야 할 일은 하원 의원들에게 편지를 쓰는 거란다. 상원 의원들에게도 말이야. 여기가 지금 어떤 상황인지 알려 주렴. 하나도 빠짐없이 모두 알려 주고 국회의원들이 이 상황을 해결하기 위해 어떻게 하려는지 물어봐."

선생님이 칠판에 국회의원들의 이름을 쓰는 동안 우리는 책상에 조용히 앉아 있었다. 아무도 무슨 내용을 써야 할지 모르는 것 같았다.

수업 시간이 끝나자 우리는 천천히 줄을 지어 교실을 떠났다. 책상에 앉아 창밖을 물끄러미 바라보고 있는 선생님을 혼자 남겨 두고.

그날 밤, 뒷방에서 나는 책을 읽으려고도 하지 않았다. 그냥 책을 들고 앉아 에즈라를 빤히 쳐다보았다. 꼭 살라고 의지를 불어넣으면서. 나는 에즈라의 눈썹 위에 있는 작은 상처를 몇 번이나 눈으로 따라 그려 보았다.

에즈라는 며칠이나 꼼짝도 하지 않았다.

방문 간호사가 두 번 다녀갔다. 나무로 된 옷걸이에 병을 걸어 에즈라에게 링거 주사액을 투여했다.

트렌트 아주머니도 에즈라에 비하면 훨씬 덜했지만, 방사능 노출로 인한 병세를 보이기 시작했다. 간호사는 할머니에게 어떻게 두 사람을 돌봐야 하는지 가르쳐 주었다. 침대에서 일어나지 않게 침대 홑이불을 갈고, 수분을 충분히 공급해 주라고 했다. 간호사는 할머니가 할 수 있는 모든 것을 다하고 있다고 했다. 별로 위안이 되지 않았다.

나는 아주머니가 아프긴 해도 곁에 있는 게 전보다 좀 더 편하다고 느꼈다. 에즈라가 듣지 않더라도 아주머니는 내가 에즈라에게 책 읽어 주는 걸 들었다.

어느 날 밤 편하게끔 베개를 움직여 주는 동안 아주머니가 내게 말했다. 말소리는 속삭이듯 작았다.

"내 부모님이 에즈라를 만나셨으면 얼마나 좋았을까. 이런 일이 일어나기 전에 말이야."

무슨 대답을 해야 할지 몰라 나는 아주머니를 가만히 내려다보았다.

"유대인이셔. 내 부모님 말이야. 유대인으로 살아가려고 위험을 무릅쓰셨지. 진작에 에즈라를 데리고 가 봤어야 했어. 아주 자랑스러워하셨을 텐데."

"어쩌면 아직도 에즈라를 데려가실 수 있을 거예요."

우리는 힘들게 누워 있는 에즈라를 바라보고 다시 눈을 마주쳤다. 내가 먼저 눈길을 돌렸다.

"부모님은 내가 어떻게 다른 종교를 믿는 사람이랑 결혼할 수 있는지 이해하지 못하셨어."

나는 아주머니가 누워 있는 간이침대 옆에 걸터앉았다.

"부모님은 유대인 대학살에서 살아남으셨단다. 유대인 대학살이 뭔지 알지?"

나는 고개를 끄덕였다.

"마음을 아프게 해 드리려던 건 아니었어. 하지만 에즈라 아빠와 사랑에 빠졌지. 그래서 이제 벌을 받나 봐."

나는 거의 아주머니를 팔로 안고 위로해 드릴 뻔했다. 거의.

에즈라는 깊은 병에 빠져 사경을 헤매고 있었다. 담요 바깥에서 커다란 두 손이 주먹을 꼭 쥐고 있었다. 베개와 맞닿은 곱슬머리는 헝클어져 있었다.

아주머니가 잠자는 동안, 나는 에즈라 코의 쭉 뻗은 선을 관찰했다. 탈수 때문에 입술이 말라 갈라져 있었다. 나는 에즈라의 눈동자 색깔을 기억해 내려 했다.

어느 날 밤, 한 시간 동안 조용히 앉아 있다가 《슬레이크의 연옥》을 가슴에 꼭 안고는 내 방으로 돌아가려고 일어섰다.

"숙제할 게 많아."

내가 말했다.

에즈라의 입술이 움직였다. 무슨 말인가를 했다.

다음 순간 에즈라는 전과 같이 멍해 보였다.

하지만 에즈라의 말소리를 들었다. 말을 한 것이다.

"뭐라고 그랬니? 뭐라고, 에즈라?"

하지만 에즈라는 다시 정신을 잃었다.

나는 아주머니 쪽으로 몸을 돌렸다. 아주머니는 녹색 눈동자에 두려움이 가득한 채 나를 바라보고 있었다. 아주머니도 에즈라의 말소리를 들은 것이다. 아주머니의 표정을 보고 알 수 있었다. 아주머니는 아주 가쁘게 숨을 쉬고 있었다.

아주머니는 내게 가까이 오라고 손짓을 했다. 그리고 팔을 뻗어 내 손을 잡았다.

"필요하신 게 있으세요?"

"가지 말고 있어 주렴, 제발."

나는 아주머니의 이마를 젖은 수건으로 닦아 주었다. 아주머니의 볼이 빨갛게 달아오르고 눈에 눈물이 반짝였다. 아주머니는 눈을 감고 몸을 떨었다.

"에즈라 아버지도 말을 했어. 딱 한마디. 그리고 돌아가셨단다."

아주머니가 내 팔을 꼭 잡고 말했다.

8

하루하루 지나도 에즈라는 꼼짝하지 않았다. 단 한 번도. 에즈라는 조용히, 변함없이 그대로, 있었다. 하지만 죽지는 않았다.

나는 에즈라에게 책을 읽어 주고, 천으로 입술을 적셔 주었다. 내가 옆에 있는 걸 에즈라가 아는 것 같지 않았다. 에즈라는 아무것도 모르는 것 같았다.

비는 계속 내렸다. 과학을 맡고 있는 소벨 선생님은 방사능 측정을 했다. 해스킨스 선생님도 측정을 했고, 할머니도 측정을 했다. 할머니가 측정했을 때 가끔 미량의 방사능이 발견되었지만 늘 정상 범위 안에 있었다.

잎이 거의 다 떨어진 나무가 낮고 어두운 하늘에 살짝 걸쳐 흔들리고 있었다. 마른 잎들이 가지에 붙어 바람에 떨고 있었다.

나는 계속 에즈라와 아주머니를 간호했다. 에즈라가 내 말을 듣고 있는지 전혀 알 수 없었지만 우리 반 아이들에 대해 들려주었다. 조용히 합창 시간에 배운 노래도 불러 주었다. 이 모든 것을 나는 할아버지 앞에서도 똑같이 했었다. 떠나가지 말라고.

한번은 학교 크리스마스 음악회에서 불렀던 '인자한 목자' 를 부르는데 에즈라의 손이 움직인 것 같았다. 나는 에즈라의 손가락이 다시 움직이길 바라며 내 의지를 모두 모아 손가락을 응시했다. 하지만 손가락은 다시 움직이지 않았다.

나는 학교에서 들은 웃긴 이야기들을 기억나는 대로 모두 에즈라에게 이야기했다. 바보 같은 이야기들을. 난 한 번도 우스갯소리를 한 적이 없다. 잘하지도 못했다. 게다가 나는 이런 이야기들이 그리 재미있다고 생각하지도 않았다. 아주머니도 그 이야기들이 재미있다고 생각하지 않는 듯했다. 이해를 하더라도 전혀 웃지 않았다. 그러거나 말거나 나는 그냥 이야기를 했다. 그리고 이야깃거리가 다 떨어지면 그냥 앉아 있었다. 방 안을 둘러보며. 옛 일들을 기억하며.

할머니의 먼지 쌓인 쿠키 통은 구석진 곳, 녹색과 금색이 섞인 줄무늬 벽지에 기대 놓은 서랍장 옆에 차곡차곡 쌓여 있었다. 할머니는 빵 말고 쿠키도 정신없이 굽곤 했다. 그때는 이 방을 좋아했던 기억이 난다. 가끔 이 방에서 잠을 자기도 했다. 창가 바로 밑에는 나를 위해 커다란 아이용 침대가 놓여 있었다. 그때를 머릿속에 그릴 수 있었다. 이 방에 오면 항상 따뜻한 느낌, 환영받는 느낌이 들었다.

크리스마스 때가 되면 쿠키 통은 쿠키로 가득 찼다. 위에다 하얀 설탕을 살살 뿌린 바삭바삭한 설탕 쿠키, 손가락 끝에 달콤한 하얀 분말을 남기는 파우더 쿠키, 그리고 키세스 초콜릿을 위에 올린 내가 제일 좋아하는 버터 쿠키. 엄마, 할머니, 할아버지가 외출하면 아빠와 나는 이 방에 몰래 들어와 쿠키 통을 뒤졌다. 엄마는 복도를 지나가며 입에 쿠키를 잔뜩 물고 있는 우리를 붙잡곤 했다. 그러면 엄마는 아빠를 야단치고는 자기도 쿠키를 하나 꺼내 먹었다. 에즈라와 있으면서 왜 이 기억이 났는지 모르겠다. 정말 정말 오래전에 있었던 일인데. 아빠, 엄마가 떠나기 한참 전 일인데. 사람들은 늘 내 곁을 떠난다.

어떻게 할머니는 나를 이 방으로 보내 또 이별을 맛보라는 걸까?

그날 밤 늦게, 내 방 창가 자리에 앉아 있을 때, 바람이 구름을 몰고 갔다. 끝이 날카롭고 눈부시게 밝은, 마치 검은 하늘에 걸쳐 흩뿌려진 하얀 씨앗 같은 별들이 나타났다.

녹고 있는 빙하처럼 깨끗하고 푸른 아침이 되었다. 버스 정류장에서 먼시는 신 난 강아지처럼 내 주위를 이리저리 뛰어다녔다.

"오늘은 날씨가 좋을 거야. 우리 양털을 줍자. 이제 바구니가 거의 다 찼어."

먼시가 말했다.

여름과 초가을 내내 먼시와 나는 여기저기 굴러다니는 양털 뭉치를 주웠다. 먼시는 집에 있는 바구니에다 그 양털을 모았다.

"글쎄, 잘 모르겠어. 할머니한테 오늘 한 살배기 양떼를 앞쪽 방목지로 옮기기로 약속했거든."

"나도 도울게."

학교가 끝난 후 가방을 창고에 놔두고 작업용 장화를 신은 다음 캐일럽을 데려왔다.

집 끄트머리 쪽을 돌아 나오며 나는 일부러 닫힌 커튼을 보지 않았다. 그리고 먼시를 만나러 흙길을 달려갔다.

울타리에 흐르는 전기를 끊고 먼시에게 들어오라고 손짓했다. 캐일럽도 빨리 들어가고 싶어 낑낑거렸다.

먼시는 내가 새 방목지에 울타리 치는 걸 도우며 짧은 다리로 옆에서 타박타박 걸어 다녔다. 먼시는 내가 울타리 치는 걸 백 번은 보았다. 먼시는 철사를 펴는 방법도 알았고 실제로 잘 펴기도 했다. 먼시는 키가 내 절반 정도밖에 안 되지만 힘은 두 배나 셌다.

울타리로 새 방목지의 경계선을 정하자마자 나는 먼시를 양들과 함께 울타리 안에 들어가게 했다. 먼시는 제일 가까이 있는 암양과 대장 따라가기 놀이를 하려고 팔을 뻗어 양털을 움켜잡으려 했지만, 양은 손이 닫지 않는 곳까지 피했다.

먼시에겐 양들이 커다란 장난감이었다. 나는 양들을 돌봤고 먼시는 장난을 쳤다. 먼시는 늘 그랬다. 중요한 일은 먼시에게 기대할 수 없다. 하지만 괜찮다. 먼시가 늘 내 곁에 있을 거라는 건 믿을 수 있으니까.

양들은 먼시를 피해 재빨리 방목지로 도망갔다.

언덕 아래쪽에서 리플리가 사냥복을 입고 어깨에 딱딱하게 굳은 뱀 같은 총을 걸쳐 멘 채 큰길을 따라 성큼성큼 걸어갔다. 타이러스는 앞에서 달려가고 있었다.

리플리는 타이러스에게 뒤에서 따라오라고 계속 소리쳤다. 리플리의 목소리가 맑은 공기를 뚫고 내가 있는 방목지 언덕 위까지 울렸다.

사슴 사냥철이었다. 그 덕분에 몇 주 동안은 우리가 리플리와 타이러스에게 신경 쓰지 않아도 될 것이다.

"양떼 몰고 갈 준비 됐니?"

먼시에게 물었다.

캐일럽은 숨을 얕게 할딱거리며 앉아서 머리를 한쪽으로 기울인 채 귀를 쫑긋하게 세워 명령을 기다리고 있었다. 나는 휘파람을 불었다.

"가, 캐일럽. 착하지."

캐일럽은 한 살배기 양들이 모여 있는 곳까지 쏜살같이 달려갔다. 그리고 양떼에 가까이 가자 몸을 낮추고 속력을 줄였다. 캐일럽이 검은 눈을 번쩍이자 양들은 불안한 듯 캐일럽에게서 멀리 떨어졌다.

양 두 마리가 무리에서 떨어져 나왔다. 캐일럽이 두 양을 급히 뒤쫓았다.

"잡아 와, 캐일럽. 이쪽으로 데려와, 착하지."

내가 캐일럽을 불렀다.

캐일럽은 가만가만 따라 걸으며 눈빛으로 양들을 이끌어 열린 울타리 안으로 몰아넣었다.

캐일럽은 새 방목지의 깊숙한 곳까지 양떼를 이동시켰다.

"이제 됐어."

울타리 문을 닫으며 내가 말했다.

캐일럽은 긴장을 풀고 내 근처에서 왔다 갔다 했다. 나는 전에 쓰던 방목지에서 울타리를 해체해 둘둘 말았다. 먼시도 도왔다.

"울타리 철조망에 양털이 붙어 있나 보자."

울타리 마는 일이 다 끝나자 먼시가 말했다.

새 방목지에 문제가 없는지 다시 한 번 확인하며 나는 커다란 그릇에서 소금을 조금 퍼 새로 만든 울타리 안에 있는 소금 통에 부었다.

"좋아. 양털을 줍고 싶구나? 그러지 뭐. 자, 가자."

우리는 목장의 완만한 언덕을 오르내렸다. 먼시의 머리가 내 팔꿈치 부근에서 오르락내리락했다. 방목지 이곳저곳을 돌아다니며 울타리를 샅샅이 살펴 뜯어진 양털을 찾았다. 양털을 발견할 때마다 먼시는 소리를 질렀다. 양털 뭉치를 바구니에 쑤셔 넣기 전에 먼시는 꼭 손을 들어 내게 보여 주었다.

집에 돌아갈 때쯤 배 속에서 꼬르륵거리는 소리가 났다. 저녁 햇살이 계곡을 가로질러 반짝였다. 언덕 위 우리 집 부엌에서 할머니가 움직이는 게 보였다.

숲 속 나뭇가지 사이로 리플리네 트레일러에서 흘러나온 불빛이 흔들렸다. 그리고 언덕 꼭대기, 나무들 뒤에 있는 먼시네 집에서도 불빛이 반짝거렸다.

마침내 먼시는 바구니를 가득 채울 만큼 양털을 모았다. 집으로 가는 길에 하나도 잃어버리지 않도록 나는 차갑고 하얀 양털을 꾹꾹 눌러 주었다.

"오늘 밤에 깨끗이 씻은 다음 말리도록 해. 이번 주말에 들러서 빗질하고 털 잣는 걸 도와줄게."

집으로 가기 전에 외양간에 있는 양들에게 먹이를 주고 울타리에 전기를 다시 연결시켰다. 어깨에 가방을 메고 커튼이 닫혀 있는 에즈라 방을 지나갔다. 갑자기 그 방이 잡아끄는 것 같았다.

장작을 한 아름 들고 부엌에 들어서기 전, 발을 굴러 장화에 묻은 흙을 털어 냈다. 할머니는 싱크대 앞에 서서 설거지를 하고 있었다. 새로 구운 빵 반 덩어리가 식탁 위에 놓여 있었다.

"늦게까지 있었구나. 양들이 말썽은 안 피웠니?"

"예. 그냥 더 있고 싶었어요."

나는 마른 장작을 보관 통에 던져 넣었다.

"네가 에즈라 곁에 있지 않으면 트렌트 아주머니가 방에서 꼼짝 않는 것 알고 있니? 네가 올 때까지 아주머니가 저녁도 먹지 않고 기다리셨단다."

나는 청바지 주머니 속으로 따끔거리는 손을 푹 쑤셔 넣었다.

"자, 와서 먹으렴. 배가 무척 고프겠구나. 저녁 먹은 다음 에즈라 방에 가서 숙제를 하면 되겠다."

할머니가 말했다.

"거기선 못 해요. 할머니, 에즈라는 내가 거기 있는지도 몰라요. 하룻밤 정도는 건너뛰어도 괜찮지 않아요?"

나는 그 방에선 생각도 똑바로 할 수 없었다.

"그건 안 된단다."

"왜 자꾸 저한테 에즈라를 간호하라고 하세요? 전 싫단 말이에요."

할머니가 싱크대에 몸을 기댔다.

"옳은 일이니까 하는 거란다, 나일. 이런 힘든 시기에는 좋든 싫든 옳은 일을 해야만 한단다. 서로를 보살피는 일, 서로를 돌봐 주는 일을 해야 해. 이해하겠니?"

나는 어깨를 으쓱했다.

"수프 먹으렴, 나일."

달리 할 말이 없었다. 나는 숟가락으로 수프를 떠먹었다.

에즈라는 거의 한 주 동안이나 말도 없고 움직이지도 않았다. 거의 한 주 동안 에즈라의 영혼은 삶으로부터 멀리, 아주 멀리 헤매고 다녔다.

나는 에즈라가 세상과 작별하기로 빨리 마음을 정하고 그냥 끝내 버렸으면 하고 바랐다.

꽃무늬 의자 옆에 서 있으니 화가 머리끝까지 났다. 할머니한테, 트렌트 아주머니한테, 이 방한테. 참으려고 했지만 눈물이 몇 방울 맺혔다. 아주머니는 내가 오자마자 다리를 절며, 처량한 모습으로 방을 나갔다. 몇 주 전 우리 집에 왔던 우아한 여성의 모습은 그림자로만 남아 있었다.

갑자기 아래쪽 어두운 곳에서 쉰 목소리가 들렸다.

"너, 우니?"

"뭐?"

에즈라 쪽으로 몸을 돌렸다. 하지만 눈물 때문에 잘 보이지 않았다. 손을 떨며 나는 서랍장 위에 있는 램프를 켰다.

에즈라가 불빛 때문에 신음 소리를 냈다. 불빛에 반응한 게 얼마 만인가?

램프를 다시 끄며 손등으로 볼에 흐르는 눈물을 재빨리 닦았다.

침대에서 긴 한숨 소리가 들렸다.

"에즈라?"

"응……?"

사람 목소리보다 동물 소리에 더 가까웠다.

에즈라가 정신을 차렸다!

에즈라는 다시 한숨을 쉬더니 눈을 감았다. 끝 쪽이 처진 에즈라의 눈.

나는 두려움에 떨며 다시 떠나지 말라고 속으로 외쳤다.

"에즈라! 기다려. 가지 마."

말이 저절로 튀어나왔다.

에즈라의 눈은 계속 감겨 있었다.

"갈 데도 없어."

에즈라가 속삭였다. 말꼬리는 거의 들리지도 않았다.

나는 가까이 다가가 침대 바로 옆에 섰다.

"에즈라, 네게 휴식이 필요한 건 알아. 그리고 나도 숙제가 굉장히 많이 남았어. 하지만 내일 다시 올게."

에즈라의 얼굴은 지난 몇 주 동안과 똑같았다. 아무런 표정이 없었다.

"에즈라, 내일도 날 기다려 줄래?"

에즈라의 혀가 입술 위를 살짝 지나갔다.

"물론이지, 셉."

9

먼시와 나는 먼시네 집 거실, 장작들이 탁탁거리며 타고 있는 벽난로 앞 양탄자에 앉아 있었다. 밖에 불고 있는 폭풍우 때문에 거실 안이 어두웠다. 해리스 아주머니가 불을 켰다. 내가 고양이였다면 기분 좋아 갸르릉거렸을 것이다. 집이 아주 아늑했다.

나는 헛간에서 양털 빗는 도구 두 세트를 가져왔다. 먼시와 나는 양털을 한 움큼씩 무릎 위에 올려놓고 앉았다. 우린 털이 모두 한 방향으로 향하도록 작은 양털 뭉치를 빗겼다.

매년 봄 양들이 새끼를 낳기 전에 할머니와 나는 양털을 깎느라 몇 날 며칠을 보냈다. 우리는 한 번도 직접 양털을 가공한 적이 없다. 깎은 양털 그대로 커다란 주머니에 넣어 퍼트니에 있는 방적 공장에 보냈다. 이젠 퍼트니에 있는 방적 공장도 문을 닫았으니 올봄에는 어떻게 해야 하지?

젊었을 때 할머니는 혼자서 양털을 세탁하고 빗으로 빗겨 모직으로 만들었다. 하지만 이제 수작업을 하는 사람은 거의 남아 있지 않다. 어쩌면 다시 수작업을 하는 게 이번 원전 사고가 가져올 또 한 가지 변화가 될지도 모르겠다.

벽난로에서 활활 타던 장작이 부러지면서 불티를 날렸다. 나는 불기가 아직 남아 있는 나무 조각을 벽난로 안으로 다시 밀어 넣느라 털 빗기는 일을 잠시 멈췄다.

우리 집에도 할머니 방과 부엌에 벽난로가 있다. 하지만 우리는 벽난로를 한 번도 쓰지 않았다. 부엌에 있는 장작 화로만 사용했다.

"눈 내리는데 벽난로 앞에 있으니 참 좋다."

내가 말했다. 그러자 먼시가 마스크를 쓴 채 싱긋 웃으며 안경을 올려 썼다.

"맞아. 아빠, 고마워요."

"그래."

해리스 아저씨는 창가에 있는 커다란 금색 의자에 앉아 '벌링턴 신문'을 읽고 있었다. 옆에는 다른 신문 두 개가 더 쌓여 있었다. 일자리를 찾고 있나 보다. 사고 전에 아저씨는 쿡서에서 자동차 대리점에서 일했다. 그 차들은 주행 계기판에 몇 킬로미터밖에 안 찍힌 채 그대로 주차장에 서 있다. 아무도 그 차들을 사지도 운전하지도 않을 것이다. 그 차들은 주차장에서 서서히 녹이 슬고, 바퀴가 갈라져 바람이 빠지고, 결국 먼지로 변할 것이다.

"네 묶음은 얼마만 해졌니? 내가 더 많이 했을걸?"

얼마나 빗겼는지 보려고 내 옆으로 몸을 기울이며 먼시가 물었다.

"경쟁하고 싶지 않아, 먼시."

양털을 빗기니 인형 머리를 빗겨 주던 게 기억났다. 난 인형 머리를 빗기는 것도 좋아하지 않았다.

전에 인형이 하나 있었다. 발목에 고무줄이 달린 옅은 푸른색 작업복 바지에 아주 조그만 분홍색 꽃무늬 윗도리를 입은 인형이었다. 할머니, 할아버지와 살려고 올 때 엄마가 선물로 준 것이었다.

인형의 고운 머리카락은 내 머리카락과 꼭 닮았다. 엄마 머리카락과도. 그래서 엄마가 그 인형을 골랐을 것이다. 엄마가 병으로 누워 있는 내내 난 그 인형을 정성껏 돌봐 주었다.

엄마가 돌아가셨을 때 난 여섯 살이었다. 그 전의 일은 거의 기억하지 못한다. 사진도 없다. 하지만 그 인형은 똑똑히 기억난다.

엄마가 아픈 동안 할머니와 할아버지는 나를 뒷방에 거의 들어가지 못하게 했다. 그런데 어느 날 나를 방으로 불렀다.

나는 엄마가 너무 보고 싶어 급히 방에 들어가 침대 옆으로 달려갔다. 엄마 손을 잡았다. 차가웠다. 나는 엄마가 침대에 기대 앉아 낮은 목소리로 웃으며 말을 걸어 주길 기대했다. 하지만 삐쩍 마른 엄마의 몸은 침대 시트조차도 거의 움직이지 못했다. 나는 너무 놀라 몇 발자국 뒷걸음질 쳤다. 그건 내 엄마가 아니었다. 내 엄마일 리가 없었다.

엄마가 냄새나는 숨을 내쉬며 빨랫줄에 걸린 얇은 홑이불이 센 바람에 흔들릴 때 나는 소리를 냈다.

방에 무슨 변화가 있었다. 가슴으로 그걸 느낄 수 있었다. 공기가 아주 무거워졌다가 다시 아무 무게도 없어졌다.

할아버지가 말했다.

"돌아가셨어."

누군가(아마 이웃이었을 것이다) 시트를 끌어 올려 엄마 얼굴, 여기저기 머리카락이 빠진 엄마 머리를 덮어 주었다.

다른 누군가가 내 손을 잡았다.

나는 손을 뿌리치고 나와 계단을 뛰어 올라갔다. 그러곤 인형을 끌어안고 처마 밑 조그만 빈 공간에 숨었다.

거미줄과 쥐 배설물 사이에 웅크리고 앉아 몇 시간이나 떨었다.

할아버지가 날 찾아냈다. 할아버지는 날 끌어내 안정시킨 다음 욕조에 들여보냈다. 나는 대충 깨끗해져서 나왔지만 인형은 그렇지 못했다. 더러운 것들이 옷에 들러붙었고, 머리카락은 어떻게 할 수 없을 정도로 엉켜 버렸다.

며칠이 지난 뒤에 할아버지와 할머니가 엄마의 장례식에 가신 동안, 메이 고모가 부엌에 말없이 앉아 나와 함께 있어 주었다.

집 안은 춥지 않았지만 나는 아침 내내 내 방에서 덜덜 떨었다. 안에서부터 계속 몸이 떨려 왔다. 난 빗으로 인형 머리를 빗기고 또 빗기며 머리카락이 모두 다 부드럽게 될 때까지 엉킨 걸 풀었다.

그러다 보니 머리카락이 너무 많이 뽑혀 인형은 거의 대머리가 되었다. 고무로 된 칙칙한 오렌지색 두피가 드러났다. 두피를 죽 돌아서 머리카락을 심어 놓은 구멍들이 배열되어 있었다. 인형의 벗겨진 머리가 무서웠다. 난 베개 보로 인형을 싸서 쓰레기통 깊숙이 넣어 버렸다.

"눈 정말 엄청 내린다. 몇 센티미터나 온 것 같니?"

먼시가 말했다.

나는 창밖을 내다보았다.

"얼마나 내린 것 같아, 나일?"

나는 먼시네 거실 창문을 통해 밖에 눈이 내리는 것을, 큰 회색빛 눈송이들이 풀 위를 가볍게 지나 날아가는 것을 지켜보았다.

"모르겠어."

우리는 점심때까지 양털을 빗겼다. 먼시는 잘 정돈된 짧은 양털 뭉치를 자랑스럽게 바라보았다.

"우리가 얼마나 많이 빗겼는지 한번 봐."

"네가 거의 다 했어. 먼시, 너 정말 잘한다."

먼시는 기쁨을 감추기 위해 쿵쿵거리고 다니며 우수꽝스럽게 굴었다.

"점심 먹자마자 실잣기 시작하자."

먼시가 말했다.

"난 안 돼. 오후 일찍 집에 가야 해. 눈 온 다음엔 늘 할 일이 더 생기거든."

먼시는 창고보다 별로 크지 않은 자기 방으로 나를 데리고 갔다. 나는 먼시 침대 덮개 끝에 앉았다. 창문마다 아래쪽 벽을 따라 선반이 달려 있었다. 그리고 그 선반마다 책이 꽂혀 있었다. 책들이 엄청 많았다. 진짜 도서관 같았다.

"할머니가 아프시니? 그래서 집에 있어야 하는 거야? 커튼을 쳐 놓은 것도 그래서니?"

나는 먼시가 보지 못하게 얼굴을 돌렸다.

"할머니가 아프셔?"

먼시가 또다시 물었다. 나는 머리를 저었다.

"그럼 말해 줘. 할머니가 아프신 게 아니면 도대체 집에 무슨 일이 있기에 이젠 나랑 놀 시간이 없는 건데?"

나는 에즈라가 병과 싸우고 있는 걸 생각했다. 불운을 가져올지도 모를 말은 아무것도 할 수 없었다. 먼시 부모님은 이제 잘 지내고 있다. 이사하려고 서둘지 않는다. 하지만 내가 에즈라에 대해 알려 준다면 모든 게 바뀔 수 있다.

"말하지 못할 사정이 있어."

먼시는 상처를 받은 것 같았다. 먼시에게 이야기하고 싶었다. 에즈라에 대해 알려 주고 싶어 정말 목구멍이 간지러웠다. 하지만 사실대로 이야기한다면 먼시 부모님은 나를 먼시 근처에 얼씬도 못 하게 할 것이다. 그리고 다른 사람들에게도 에즈라 가족에 대해 말할지 모른다. 먼시 부모님만 피난민들을 두려워하는 건 아니었다. 게다가 우리 집에 있는 피난민은 원자력발전소에서 일하던 사람의 부인과 아들이다. 나는 아무도 이 사실을 알아채길 바라지 않았다.

나는 창밖에 내리는 눈을 바라보았다.

"넌 쿡셔 원전 사고로 피해 본 사람들에 대해 생각해 봤니? 집도 잃고, 방사능에 노출되어 병에 걸린 사람들 말이야."

내가 물었다.

"돌연변이 괴물들이야."

먼시가 날카롭게 대답했다.

나는 뒤를 돌아 먼시를 마주 보았다.

"먼시!"

먼시는 화난 목소리로 말했다.

"위험한 사람들이야. 엄마 아빠가 그렇게 말씀하셨어. 가까이 가는 것만으로도 우리가 죽을 수 있대. 방사능이 너무 많이 쌓여 몸이 빛나기까지 한대."

"아니야, 그렇지 않아!"

먼시는 자기 방 반대쪽 구석으로 뒤뚱거리며 걸어갔다.

"그래, 난 절대 만나고 싶지 않아."

"그 사람들, 위험하지 않아. 그 사람들은 아픈 데다가 또 혼자야. 도움이 필요하다고."

“리플리가 원전 사고로 돌연변이 괴물이 된 사람들을 만나면 나도 그렇게 될 거랬어. 지금보다 더 작아지고 더 흉하게 될 거라고.”

“그만해. 넌 리플리가 말하는 걸 믿니? 안 믿는 거 알아. 너도 돌연변이가 아니고, 사고 때문에 피난 간 사람들도 돌연변이 괴물이 아니야.”

“언제부터 네가 그렇게 전문가가 됐니?”

내가 말을 너무 많이 했나 보다.

“난 전문가는 아니야.”

하지만 먼시는 갑자기 진실을 깨달은 것 같았다. 아니면 적어도 의심하는 것 같았다.

나는 먼시가 실잣기를 시작하는 걸 도우며 두 시가 조금 넘을 때까지 함께 있었다. 하지만 포근한 느낌은 사라졌다. 아무리 따듯한 장작불도 그걸 되살릴 수 없었다.

10

깊게 쌓인 눈은 집을, 특히 커튼이 굳게 쳐진 에즈라의 방을 고요하게 만들었다.

"셉?"

내가 뒷방 문 앞에 나타나자 에즈라가 물었다.

에즈라는 내가 서랍장 위에 있는 램프를 켜는 걸 지켜보았다.

에즈라는 등에다 베개를 두 개 받쳐 놓고 몸을 일으켜 나를 기다리고 있었다.

"좀 어떠니?"

에즈라가 쉰 듯한 목소리로 속삭이듯 대답했다.

"엄마가 눈이 내렸다고 하셨어."

"커튼 열고 보여 줄까?"

"싫어!"

"알았어."

나는 손가락으로 머리를 빗어 옆으로 넘겼다.

오랫동안 에즈라가 눈을 뜨기만 기다렸다. 내게 말을 걸기를 기대하며. 이젠 이야기할 수 있지만 무슨 말을 해야 할지 몰랐다.

"깨어나서 다행이야. 넌 정말 심하게 아팠어."

에즈라를 바라보며 나는 다시 대화를 시도했다.

"미안해."

에즈라는 어깨를 으쓱하려 했지만 겨우 조금 움찔했을 뿐이다. 에즈라는 입술을 빨았다.

"목마르니? 아주머니가 널 위해 얼린 주스를 놔두셨어."

나는 파란 플라스틱 숟가락에 얼린 주스 조각을 담아 에즈라 입에 넣어 주었다. 내가 아기 때 쓰던 숟가락을 할머니는 아직도 간직하고 있었다.

"고마워."

에즈라가 말했다.

"더 줄까?"

에즈라는 괜찮다고 고개를 저었다.

"개는 어딨니?"

"캐일럽? 할머니와 밖에 나갔어."

"경비견이니?"

“아니, 양치기 개야. 우릴 위해서 양을 몰아 줘.”

에즈라는 이해를 못하는 것 같았다.

“우리가 명령하면 그걸 따라 해.”

“명령을 따른다고? 네 명령을?”

“물론이지. 안 그럴 것 같아?”

에즈라가 미소를 지었다. 눈에 장난기가 흘렀다.

“책 읽어 줄까?”

에즈라가 고개를 끄덕였다.

“어떤 거 듣고 싶니?”

“네 목소리.”

난 볼이 빨개지는 걸 느꼈다.

“네 목소리. 네 목소리가 계속 날 불렀어. 내가 아팠을 때 말이야. 네 목소리가 듣기 좋아.”

나는 《슬레이크의 연옥》을 펴서 읽기 시작했다.

에즈라는 잠시 나를 바라보다가 눈을 감았다.

나는 읽는 걸 멈추고 에즈라를 살펴봤다. 에즈라는 꼼짝도 하지 않았다.

“에즈라?”

에즈라가 눈을 떴다, 짙은 푸른색 눈을.

“응……?”

에즈라는 괜찮아, 나는 속으로 말했다. 그냥 피곤한 것뿐이야.

"이 책 괜찮니?"

"으…… 응."

나는 다시 읽기 시작했다. 한 장을 다 읽었다. 손가락으로 책을 덮었다.

"내 생각엔 네가 살아날 것 같아, 에즈라 트렌트."

에즈라가 한숨을 쉬었다.

"모든 걸 고려해 보면, 네 생각이 맞을 것 같아."

나는 얼린 주스 조각을 한 숟가락 더 에즈라에게 주었다.

에즈라는 나를 빤히 바라보았다.

"먹여 줘서 고마워, 아가씨."

에즈라가 무척 힘들어하며 말했다. 나는 손에 들고 있는 파란 숟가락을 내려다보았다.

"별것 아니야."

"아니, 굉장한 일이야. 정말. 대단한 일."

에즈라는 지친 목소리로 말했다.

손이 떨렸다. 나는 숟가락을 내려놨다.

"얘, 양 얘기 좀 해 줄래?"

에즈라가 숨을 깊게 들이쉬었다.

"양에 대해 알고 싶어?"

"응. 새끼 양에 대해서도."

에즈라의 말꼬리가 늘어지며 눈 끝도 더 처졌다.

"새끼 양은 봄이 돼야 볼 수 있어. 봄에도 여기 있을 거니?"

에즈라는 눈길을 돌려 퀼트 이불 위에 놓인 자기 손을 바라봤다. 더 이상 날 쳐다보지 않았다. 에즈라는 봄이 되기 전에 죽을지 모른다. 둘 다 그 사실을 알고 있었다.

다시 책을 들어 가슴에 꼭 안았다.

"얘, 에즈라. 넌 내일 양에 대한 첫 번째 수업을 받을 거야."

에즈라는 커튼이 쳐진 창문을 바라보았다.

"보라고. 언젠간 너도 나나 할머니처럼 훌륭한 양치기가 돼야 해."

"그거 명령이니?"

에즈라가 속삭였다.

"응."

"명령 따를 필요 없잖아…… 너한테서."

"뭐가 너에게 좋은 줄 안다면 내 말을 따를걸?"

"정말?"

"정말!"

나는 서랍장 쪽으로 걸어가 램프를 껐다.

돌아오는 봄에도 어쩌면 에즈라가 살아 있을 것이다. 살아 있어야만 한다.

11

집 옆에 있는 치즈 숙성 창고에서 할머니가 양젖으로 만든 치즈 덩어리를 거꾸로 놓고 닦는 걸 도왔다. 약한 암모니아 냄새를 들이마시자 입에 침이 고였다.

나는 우유가 천천히 치즈로 변하는 느린 리듬이 좋다.

할머니가 편안한 침묵을 깼다.

"오늘 아침에 메이 고모랑 겨우 통화를 했단다."

메이 고모는 아빠의 동생이다. 아빠가 나와 엄마를 버려두고 그렇게 떠났지만 할머니는 고모를 절대 원망하지 않았다. 우린 고모에게 아빠에 대해 전혀 이야기하지 않았다. 고모는 아빠가 우리를 떠난 것에 대해 부끄럽게 생각했다. 아빠에 대해 알고 싶으면 고모에게 물어볼 수도 있을 것이다. 하지만 알고 싶지 않았다.

"베서니는 어떻대요?"

할머니가 나를 쳐다보았다.

"좀 나아졌대. 지난주 렘미 고모부를 통해 보낸 우유를 문제없이 잘 마셨나 보더구나. 크리스마스 전에 새끼를 밴 암양 두 마리를 보내는 게 어떨까 싶다. 고모부 목장에 방사능 수치가 좀 더 안정될 시간을 준 다음에 말이야. 난 고모부가 여기로 다시 오는 건 내키지 않아. 자동차 바퀴에 묻은 방사능 물질 때문에 말이야. 고모부가 자동차를 몰고 온 뒤에 방사능 수치가 치솟았단다. 길을 물로 청소하고 흙을 뿌려야 했어."

"그럼 암양들을 여기에 두어야 하지 않나요? 거기서 방사능 때문에 병에 걸리면 어떡해요? 고모부네 소들이 그런 것처럼요. 그러면 소들처럼 다 도살해야 되잖아요."

"다음 달이면 상황이 좀 나아질 거다. 게다가 고모부가 양들을 외양간 안에만 놔두고 깨끗한 곡식과 건초를 먹이면 괜찮을 거야. 그럼 빠르면 내년 이월에 베서니에게 신선한 우유를 먹일 수 있겠지."

눈이 검고 머리결이 고운 베서니가 병에 걸린 걸 생각하니 마음이 아팠다.

"사실, 난 고모네 가족이 모두 여기 와서 같이 지내면 좋겠구나. 하지만 렘미 고모부는 목장을 떠나려 하지 않아. 그게 전 재산이기 때문이지. 메이 고모와 네 사촌들도 고모부를 두곤 떠나지 못하고. 적어도 양이 있으면 고모부한테 뭔가 할 일이 생기겠지."

"우리는요? 우리는 어떻게 할 건데요?"

할머니는 어깨를 으쓱했다.

"그냥 이대로 있어야지, 뭘 어쩌겠니? 이제 보스턴도 없으니 어디에 이 치즈를 팔아야 할지 모르겠구나. 거기에 있던 고급 가게들이 우리한테는 최고의 고객이었는데 말이다."

"해리스 아저씨네도 집세를 못 내요."

"알고 있다."

"어떻게 하실 거예요?"

"어떻게 생각하니, 얘야? 힘든 때가 닥쳤다고 사람들을 그냥 내쫓아 버릴 수 있겠니? 해리스 가족이 필요하다고 하면 언제까지든 머물게 해야지. 다행히 우리에겐 저축해 놓은 돈이 조금 있단다. 할 수만 있다면 최대한 해리스 가족을 도울 거야. 에드워즈 부부도 마찬가지고."

직장에서 은퇴한 에드워즈 아저씨와 아줌마도 우리에게 집을 빌려 살고 있었다.

"우리 양들은 괜찮을까요?"

"내 생각에는 그래. 우린 팔기 전에 모든 걸 검사할 거란다. 양털도, 이 치즈도, 우유도, 고기도, 식림지에 있는 나무까지도 말이야. 오염된 것은 아무것도 팔지 않을 거야. 행운이 따른 것 같아. 아직 깨끗한 공기, 깨끗한 흙, 깨끗한 물이 있잖니. 하지만 유출된 방사능이 이쪽으로 날아온다면, 우리 목장도 사라지고 말겠지."

"고모와 고모부 목장처럼요?"

할머니가 고개를 끄덕이고 넓은 등을 반쯤 돌렸다.

"양 치는 게 좋으세요, 할머니?"

할머니는 곰팡이 핀 치즈 덩어리를 살펴보았다.

"싫다면 안 했겠지."

"뭐가 제일 좋은데요?"

나는 할머니가 한 발 한 발, 천천히 칸막이벽을 따라 창고 안쪽으로 걸어가는 걸 바라보았다. 할머니는 소금물에 적신 천으로 치즈 덩어리를 일일이 정성스레 닦았다. 오랫동안 말이 없어서 내 질문을 잊어버렸다고 생각했다.

"대답하기가 쉽지 않구나, 나일."

마침내 할머니가 말했다.

"알아요."

나는 할머니가 좀 더 생각할 수 있게 기다렸다.

"규칙적인 게 좋단다."

"저도 그래요."

"양들과 함께 있는 것도 좋고."

나는 고개를 끄덕였다. 톡 쏘는 암모니아 냄새가 나는 더운 창고 안에 있으니 땀방울이 이마와 윗입술에 맺혔다.

"솔직히 말하면, 이 일에서 싫은 게 거의 없단다. 양 발굽이 감염되어 썩는 병 말고는."

"전 고요한 게 좋아요. 집 안도 그렇고, 바깥도 그렇고. 무슨 말인지 아시겠어요?"

할머니가 고개를 끄덕였다.

"그리고 봄도 좋아요. 푸른 풀이 올라오고, 새끼 양들이 태어날 때요."

"나도 그렇단다."

"또 저는 양들이 항상 저 풀밭에 있는 게 좋아요. 결코 떠나지 않거든요."

갑자기 총소리가 들렸다. 사냥꾼들.

"사냥꾼들이 너무 가까이 있구나."

할머니가 말했다.

"리플리가 틀림없어요. 자기 방 창문에서 사슴 사냥을 하나 봐요."

한동안 리플리를 보지 못했다. 리플리는 사슴 사냥철이 되면 3주씩이나 학교를 빠졌다.

치즈 일을 마친 다음 우리는 앞치마와 장화를 벗고 칸막이벽을 따라 문쪽으로 나왔다. 찬 공기가 얼굴에 부딪쳤을 때 또다시 총소리가 들렸다.

눈부시게 하얀 눈 때문에 아무것도 보이지 않았다. 하지만 언덕 아랫길 건너, 평평한 방목지 뒤쪽에서 총소리가 난 것 같았다. 먼 식림지 안쪽에 누군가가 있었다. 할머니는 집과 방목지 근처 숲에만 팻말을 붙여 놓았다. 사냥철이 되면 할머니도 숲으로 들어가서 사슴을 잡아 오곤 했다.

"왜 올해는 사냥을 안 나가셨어요?"

춥지만 상쾌한 오후, 치즈 숙성 창고 밖에 서서 내가 물었다.

"우리는 방사능 오염 지역과 무척 가까운 곳에 있단다. 사슴들이 오염된 풀들을 뜯어 먹었으면 어떡하니? 우리 양들에게 주는 먹이의 방사능 수치는 점검할 수 있지만 사슴들이 어디서 무엇을 먹는지 알 수 없잖니. 난 그런 사슴 고기는 먹지 않을 거란다."

그날 저녁 복도를 지나 뒷방으로 가니 에즈라가 침대 옆에 서 있었다. 에즈라는 지치고 짜증 난 듯 보였지만 트렌트 아주머니는 미소를 감추지 못했다. 에즈라의 잠옷은 뼈가 앙상한 어깨에 걸쳐져 있었다. 지난 몇 주 동안 에즈라는 엄청나게 살이 빠졌다.

에즈라는 양손에 튼튼해 보이는 지팡이의 머리를 쥐고 있었다. 할아버지가 쓰던 지팡이였다. 할아버지는 이 방에서 너무 쇠약해지기 전에 저 지팡이를 손수 깎아 만들었다.

에즈라는 서 있으려 애쓰며 몸을 부들부들 떨었다. 힘을 너무 주어 손가락 관절이 하얗게 변했다.

에즈라가 쓰러지기 전에 부축해 주려고 아주머니가 일어났다.

"오늘은 그만큼이면 충분해."

에즈라에게서 지팡이를 받으며 아주머니가 말했다. 부엌으로 가기 전에 아주머니는 에즈라를 침대에 눕혀 주었다. 에즈라는 고개를 뒤로 젖히며 한숨을 쉬었다.

"아주머니, 오늘은 좀 어떠세요?"

"좀 낫구나. 많이 좋아졌어. 고마워."

트렌트 아주머니가 미소를 지으며 대답했다. 아주머니는 앓는 동안 머리숱도 적어졌고 몸무게도 좀 줄었지만 부엌으로 걸어가는 모습은 전보다 튼튼해 보였다.

"이봐, 셥. 배울 준비 됐어……. 양 치는 것 말이야."

에즈라가 말했다.

"지금 날 뭐라고 불렀니?"

"셥. 양치기 셰퍼드 할 때 셥."

나는 왜 에즈라가 내 진짜 이름을 부르지 않는지 궁금했다.

"뭘 알고 싶니?"

"우선, 왜 그렇게 자주 양들을 이리저리 옮기는 거니? 엄마가 그러는데 네가 날마다 양들을 몰아서 옮긴대."

난 미소를 지었다.

"매일은 아니야. 게다가 양들도 신경 안 써. 자기들한테 좋거든. 첫 함박눈이 올 때까지 양들을 일주일에 한두 번 새 방목지로 옮겨 줘. 그러면 양과 땅이 모두 건강하게 유지되거든."

"양떼 순환 방식?"

"응, 이젠 우리나라에서도 그렇게 하는 사람은 많지 않아. 시간이 엄청 많이 걸리거든. 하지만 효과적이야."

나는 꽃무늬 의자에 앉았다. 양 치는 일에 대해 이야기하는 게 좋았다. 다리를 쭉 펴며 손을 허벅지에 올려놓았다. 양말이 발목 주위에 축 늘어져 있었다.

에즈라가 코를 킁킁거렸다.

"너, 요즘 목욕했니?"

"남 말 하시네. 네가 맡은 건 내 옷에 밴 치즈 숙성 창고 냄새일 거야. 치즈를 돌려놓으려고 할머니와 내려갔었거든."

"치즈를 돌려놓는다고?"

"할머니가 양젖으로 치즈를 만드셔."

"네가 양젖을 짜?"

나는 웃음을 참으려고 뺨 안쪽을 꽉 물었다.

"응, 양젖을 짜. 지금은 아니고, 새끼 양이 태어난 다음에 시작해. 봄, 여름, 그리고 구월까지."

"그런데 어떻게 치즈를 지금 만들어?"

"지난봄부터 치즈 덩어리를 만들기 시작했어. 치즈가 완성되는 데는 오랜 시간이 걸려."

에즈라가 퀼트 이불에서 실 한 올을 잡아당겼다.

"여기선 정말 바깥세상이 필요 없겠다, 그치?"

나는 에즈라의 질문에 깜짝 놀랐다. 물론 우린 바깥세상이 필요했다. 바깥세상이 없으면 시장도 없을 것이다. 치즈도, 양도, 양털도, 우리 숲에서 베어 낸 나무도 팔 수 없을 것이다.

"어떤 것들은 바깥세상이 없어도 할 수 있어. 하지만 그래도 필요해. 원하는 사람이 없다면 양을 키우는 게 무슨 소용 있겠니?"

"자기가 팬 장작을 태워 집을 따듯하게 하면서 음식도 만들고. 과일과 채소를 키우고. 치즈도 직접 만들고. 나도 그렇게 살면 좋겠어."

흥분해서 에즈라의 눈이 반짝거렸다. 마치 할머니와 내가 비밀을 간직하고 있고 자기에게 그 비밀을 나누어 줄 때까지 잠시도 가만있지 않을 것 같았다.

"그래, 막지 않을게."

"눈이 내린 다음에 양들은 뭘 먹니?"

"건초."

트럭에 건초 더미를 싣고 내리는 일을 생각하니 벌써부터 등짝이 아팠다.

에즈라가 침대에서 자세를 바꿨다.

"양털을 깎는 데는 시간이 얼마나 걸리니?"

나는 엄지손가락 살갗이 벗겨지는 게 걱정되었다.

"한 마리에 몇 분 정도. 모두 다 깎는 데는 며칠이 걸려."

"모두 다?"

나는 고개를 끄덕였다.

"몇 마리나 되는데?"

"지금은 삼백 마리가 조금 넘어. 봄이 되면 좀 줄일 거야. 하지만 거의 다 키워."

나는 에즈라 목소리가 거칠어질 때까지 질문에 대답하고 또 대답했다. 가끔 에즈라는 깜박 졸기도 했지만 곧 다시 일어나 다른 질문을 던졌다.

할머니가 차에 태워 데려온 날을 빼고 에즈라는 목장을 보지 못했다. 그저 목장에서 일하는 소리가 커튼 쳐진 창을 통해 희미하게 들어오는 것을 들었을 뿐이다. 그리고 우리가 에즈라에게 해 준 이야기들을.

에즈라는 내가 나가려고 일어나자 손을 머리 뒤에 받쳤다. 나는 복도로 나가다 말고 에즈라에게 다시 다가갔다.

"너, 저녁 내내 나한테 이것저것 물어봤잖아?"

에즈라가 고개를 끄덕였다.

"나도 하나 물어봐도 돼? 싫으면 대답하지 않아도 괜찮아. 약간 개인적인 질문이거든."

에즈라는 불안해 보였다.

"눈 위에 있는 상처 말이야, 어쩌다 생긴 거니?"

에즈라가 긴장을 풀었다. 어쩌면 내가 원전 사고에 대해 물을 거라고 생각했나 보다. 내가 그 이야기를 꺼낼 거라고 생각했다면 에즈라가 날 잘 몰라서 그러는 거다.

"아마 다섯 살이었을 거야. 하루는 밤에 침대 위에서 뛰고 있었어. 엄마는 그러지 말라고 하셨지."

에즈라가 미소를 지으며 말했다.

나는 다섯 살짜리 꼬마를 상상하며 에즈라를 바라보았다.

"엄마는 내가 피를 철철 흘리는 걸 보곤 정신을 못 차리셨어. 아빠가 길 건너 의사 선생님 집에 나를 안고 가셨지."

방이 또 승리하고, 에즈라가 죽을 거라고 생각했던 게 겨우 며칠 전이었을까?

"있잖아, 셉. 나 그 새처럼 느껴져. 불새 말이야. 다 타 버린 다음에 자기 재에서 다시 일어나잖아."

에즈라가 말했다.

나는 에즈라를 바라보며 듣고 있었다. 나는 그런 새에 대해 들어 본 적이 없었다. 하지만 잊어버릴 것 같지 않았다.

"살아 있으니 좋다, 셉."

나는 침대 옆 벽에 기대어 놓은 튼튼한 지팡이를 쳐다보았다. 할아버지의 지팡이. 할아버지와 나는 함께 나무를 잘라 왔다. 할아버지가 껍데기를 벗기고, 지팡이 모양을 만들고, 겉을 곱게 간 다음, 기름 치는 걸 옆에서 지켜봤다.

할아버지는 돌아가셨다.

하지만 에즈라는 아직 살아 있다.

12

십일월이 지나가고 십이월이 되었다. 아직 할아버지의 지팡이가 필요했지만 에즈라는 점점 더 건강해졌다.

나는 복도를 지나며 소리치곤 했다.

"야, 에즈라, 보기 흉하게 하고 있는 건 아니지?"

그럼 에즈라는 눈썹을 위아래로 움직이며 대답하곤 했다.

"보기 흉한 게 뭔지에 달렸지."

에즈라는 내가 다니는 학교, 날씨, 밖에서 나는 냄새들에 대해 물어봤다.

나는 에즈라가 다시 아플까 봐 걱정했다. 에즈라는 자기 방 넓은 마룻바닥을 비틀비틀 왕복하며 자신을 무척 몰아붙였다. 때때로 계속 일어나 앉아 있었고, 그러다 힘이 다 빠지면 침대에 누웠다.

나는 에즈라가 트렌트 아주머니를 미치게 만들지나 않을까도 걱정했다. 아주머니는 내가 오면 언제나 샤워를 하러 목욕탕 쪽으로 가거나 할머니를 찾아 부엌 쪽으로 갔다.

나는 왜 에즈라가 밖에 나가지 않고 방 안에서만 왔다 갔다 하는지 궁금했다.

하지만 그것 때문에 크게 걱정하지는 않았다. 적어도 에즈라가 어디 있을지는 알 수 있으니까.

할머니는 내가 주 중에 해야 할 일들을 대부분 미리 다 해 놓았다.

"학교 끝난 뒤에 네가 일을 해 주기엔 해가 너무 짧아."

하고 할머니가 말했다. 그래서 할머니는 목장 일을 거의 다 했고 나는 에즈라와 더 많은 시간을 보냈다.

하지만 주말에는 할머니가 젖 짜는 일과 새끼 양에 관한 서류를 정리하는 동안, 나는 목장 일들을 했다.

양 우리를 청소한 뒤에는 퇴비를 만들기 위해 배설물 쌓는 일을 해야 했다. 트랙터를 몰고 왔다 갔다 하며 일주일이나 작업했지만, 아직도 이삼 주 더 일해야 했다.

가끔씩 먼시도 따라왔다. 그리고 일이 다 끝나면, 먼시는 눈썰매 타기나 눈싸움같이 나를 더 붙잡아 놓을 아이디어를 생각해 내곤 했다. 나를 곁에 잡아 둘 수 있다면 아무 일이나 상관없는 듯했다.

다 놀고 나면 볼이 빨개져서 눈과 젖은 양털 냄새를 풍기며 먼시네 집으로 놀러 가곤 했다. 현관을 성큼성큼 걸어 들어가면 마치 새 이

파리가 피어나는 것처럼 내 얼굴에 미소가 퍼졌다.

어느 토요일 날, 먼시가 달려와 목장 일을 빨리 끝내라고 재촉했다. 전날 밤 거의 15센티미터나 되는 눈이 새로 내린 것이다. 정말 잘 뭉쳐지는 눈이었다. 저 멀리에 푸른 하늘이 하얀 언덕 위로 펼쳐져 있었다.

양 돌보는 일을 다 마치자, 먼시가 급히 경사진 앞쪽 방목지 옆 들판으로 가서 장화 신은 발로 중간에 선을 그었다. 캐일럽은 꼬리를 흔들어 눈 위에 부채 모양을 만들며 내 옆에 앉아 있었다.

"먼저 성을 쌓는 거야. 도구를 선택해!"

먼시는 눈 벽돌을 만들 수 있는 속이 빈 플라스틱 블록과 모래 쌓기 들통을 양손에 하나씩 들고 앞으로 내밀었다.

나는 플라스틱 블록을 골랐다.

그리고 먼시와 나는 경계선에 등을 맞대고 섰다. 먼시는 하나, 둘 하고 숫자를 세며 열 걸음 앞으로 나갔다. 먼시 목소리가 계곡에 울려 퍼졌다.

캐일럽이 공중에 뛰어오르고 코로 들이받기도 하면서 우리 주위를 춤추듯 뛰어다녔다. 먼시와 내가 서로 떨어질 때 장화 밑에서 눈이 뽀드득거리는 소리를 냈다. 눈싸움에선 내가 유리했다. 발을 쭉 뻗어 먼시보다 경계선에서 더 멀리 떨어질 수 있었다. 하지만 먼시는 눈을 던지는 팔 힘이 나보다 더 셌다.

이따금씩 나는 집 쪽을 바라보며 에즈라가 어떤지 궁금했다. 먼시가 있더라도 창문이 열렸으면 하고 바랐지만 커튼은 굳게 닫혀 있었다.

먼시는 자기 요새를 금새 다 만들었다. 먼시는 무슨 일이든 빨리 끝냈다. 다 만들자마자 먼시는 요새 뒤에 숨어 눈을 뭉치기 시작했다. 캐일럽이 짖어 대며 코를 눈에 처박아 콧숨만큼씩 눈송이를 하늘로 날려 보냈다.

나는 몇 분마다 먼시가 얼마나 준비되었는지 살피며 따라잡으려고 정신없이 서둘렀다.

"곧 눈덩이를 먹여 주마, 나일 솜너."

아직도 마스크를 쓰고서 먼시가 소리쳤다.

따라잡기 위해 노력했지만 나는 키 때문에 요새를 더 높게 쌓아야 했다. 결국 먼시가 첫 번째 눈덩이를 던졌다.

"반칙! 아직 준비 안 됐어."

요새 쌓는 걸 그만 멈추고 눈을 뭉치며 내가 소리쳤다.

캐일럽이 들판을 뛰어다니며 짖는 소리가 상쾌한 공기 속에 울려 퍼졌다.

먼시의 눈덩이가 또 휙 소리를 내며 날아와 나는 요새 뒤로 몸을 굽혀 재빨리 피했다.

꾹꾹 눌러 하나씩 눈을 뭉치느라 내 벙어리장갑에 눈덩이가 엉겨 붙었다. 나는 먼시가 만든 요새를 살펴서 제일 약한 부분을 찾아 무너질 때까지 계속 그곳을 공격했다. 캐일럽이 무너진 요새 벽을 뛰어넘어 먼시를 향해 짖어 댔다.

보호 벽이 없어진 먼시는 앞으로 전진해 경계선 가까이 와서 날 맞히려고 했다. 후퇴시키려고 애썼지만, 먼시도 내 요새를 무너뜨렸다.

오후가 되자 우리는 완전히 푹 젖었다. 바깥쪽뿐 아니라 겨울옷 안쪽까지.

"항복."

내가 말했다.

먼시는 팔짱을 끼고 흡족해했다.

우리는 서로 눈이 많이 묻은 곳을 털어 주고 집으로 향했다. 캐일럽이 앞장섰다. 리플리가 타이러스를 크게 부르는 소리가 자기 소유지 어디선가에서 들렸다. 우리는 들판에 멈추어 서서 고함이 들린 방향을 쳐다보았다.

곧 리플리가 숲 속에서 나타났다.

캐일럽이 긴장을 하고 내 발치에 앉았다.

지난번 양 살해 사건 이후 레드 잭슨 아저씨는 리플리에게 개를 줄에 묶어 놓으라고 경고했다. 할머니한테는 타이러스가 다시 우리 양에게 접근하면 총을 쏴도 괜찮다고 했다. 아저씨는 타이러스가 다시 멋대로 돌아다니는 걸 본다면 영영 못 돌아다니게 만들어 버릴 거라고 맹세했다. 타이러스를 찾으러 돌아다니는 걸 보니, 리플리는 아저씨 말에 신경을 안 쓰거나 아니면 자기 개를 맘대로 하지 못하거나 둘 중 하나일 것이다.

"내 개 봤냐?"

리플리가 소리쳤다.

나는 고개를 저었다.

"언제 없어졌는데?"

"어젯밤에."

오늘 아침 방목지를 모두 살펴보았는데 문제가 될 만한 일은 없었다. 타이러스가 사라지면 나는 양들이 걱정되었다.

먼시는 약간 뒤에 서서 몸을 숙이고 눈덩이를 뭉쳐 내 쪽으로 높이 던졌다. 난 재빨리 몸을 피했고, 눈덩이는 길 건너 리플리 발밑에 떨어졌다.

"한판 붙자고?"

리플리가 눈덩이를 뭉치며 소리를 질렀다.

"왜 그랬어?"

내가 먼시에게 속삭였다.

퍽! 무슨 일이 일어났는지 알아채기도 전에 리플리의 눈덩이가 나를 휙 지나가 먼시의 배를 정면으로 맞혔다. 마치 새끼 양이 갑자기 태어날 때처럼 먼시가 숨을 몰아쉬었다. 먼시는 몸을 웅크렸다. 캐일럽이 먼시 곁에 달려가 낑낑거렸다.

"리플리!"

내가 소리쳤다. 그러고는 곧장 먼시에게 달려갔다.

"괜찮니?"

먼시는 말은 못하고 고개만 끄덕였다. 외투가 서로 맞닿아 나일론

문지르는 소리를 냈다.

리플리가 다른 눈덩이를 던져 내 다리를 세게 맞혔다. 캐일럽이 등의 털을 곤두세우며 바짝 긴장했다.

"그만 둬!"

나는 리플리에게 소리쳤다.

"그만 둬!"

리플리가 흉내 냈다.

캐일럽이 낮게 으르렁거리는 소리가 찬 공기 사이로 퍼졌다.

리플리가 한 걸음 뒤로 물러났다. 눈덩이를 한 손에서 다른 손으로 옮겼지만 던지지는 않았다.

"타이러스 보면 알리도록 해."

"알았으니까 이제 그만해!"

나는 먼시를 팔로 부축해 차바퀴 자국을 따라 큰길까지 갔다. 바큇자국이 난 눈길을 걷는 게 훨씬 쉬웠다.

먼시가 서서히 몸을 폈다.

"도대체 왜 리플리에게 눈을 던졌니, 먼시?"

"안 그랬어. 너를 겨냥한 거였다고."

"겨냥도 형편없이 했네."

"네가 피했잖아! 무시하면, 우리끼리 재밌게 놀면 리플리가 가 버릴 거라고 생각했어."

캐일럽이 거의 헛간까지 달려갔다. 그런데 먼시가 갑자기 멈추어 섰다. 나는 먼시를 돌아봤다. 먼시는 우리 집을 빤히 쳐다보고 있었다.

해가 지면서 눈 위에 그림자가 드리우고 있었다. 할머니는 집 안팎에 불을 모두 켜 놓았다. 장밋빛 노을이 지고 있었다. 우리가 서 있는 곳에서는 헛간 너머로 에즈라의 방이 보였다.

그리고 에즈라 방에 커튼이 열려 있었다.

그러길 기대했다. 하지만 두려움 때문에 속이 뒤틀렸다.

침실의 큰 창문을 가득 채운 두 사람의 모습이 점점 짙어 가는 어둠 속에서도 쉽게 보였다. 아주머니가 주위를 맴도는 동안 에즈라는 코와 입에 마스크를 쓴 채 창밖을 빤히 내다보고 있었다.

"저 사람들 누구니?"

나는 어깨 너머로 리플리네 집 쪽을 쳐다봤다. 리플리는 보이지 않았다. 적어도 리플리는 에즈라와 아주머니를 보지 못했다.

다시 돌아보니 커튼이 닫혀 있었다.

먼시가 내 옆에서 몸을 떨었다.

"저 사람들 누구냐고?"

"가자, 춥겠다. 내가 집까지 바래다줄게."

먼시가 자기네 집 부엌문 앞에서 장화에 붙은 눈을 탁탁 털며 물었다.

"누군지 말 안 해 줄 거니? 정말 그럴 거야?"

젖은 외투가 무거워 나는 무척 힘이 들었다.

"그럼 네가 나한테 말해 줄 게 있을 때까지 나도 너한테 할 말이 없어."

엄청 화난 목소리로 먼시가 선언했다.

나는 덜덜 떨며 집을 향해 다시 눈길을 내려왔다. 숲과 언덕의 그림자 때문에 길이 어두웠다. 얼마쯤은 먼시가 에즈라를 보았기 때문에 긴장돼서 떨었고, 또 얼마쯤은 에즈라가 창가에 서 있던 것 때문에 흥분돼서 떨었다.

할머니는 나를 위해 식탁 위에 연한 커피를 준비해 놓았다.

"에즈라가 창가에 서 있는 걸 봤어요."

할머니가 고개를 끄덕였다.

"옷 갈아입자마자 개 방으로 가 볼게요."

젖은 외투를 벗고 서둘러 내 방으로 올라가며 말했다.

다리도 아프고, 발도 따끔거리고, 배가 고파서 위장이 거의 쪼그라든 것 같았다. 게다가 오줌도 마려웠다. 급히 옷을 다 벗고 마른 옷을 걸쳤다. 그리고 거울에 따가운 얼굴을 비춰 보았다.

"나일?"

할머니가 불렀다.

할머니는 계단 밑에 서 있었다. 검버섯이 핀 손으로 문틀을 잡고 내가 있는 위쪽을 쳐다보았다. 할머니의 머리카락은 머리 망사 밑에 잘 눌려 있었다.

"금방 내려갈게요."

내가 소리쳤다. 다시 거울을 보며, 빗질을 해 머리에서 정전기를 없애려 했다. 하지만 머리 모양이 더 형편없어졌다.

에즈라는 죽지 않을 거다. 에즈라 자신도 그렇게 믿었다. 정말 믿었다. 이제 커튼도 열었다.

뒤에서 헐떡거리는 숨소리가 들렸고, 잠시 동안 나는 뒤쪽에 에즈라가 서 있을 거라고 상상했다.

할머니가 계단 꼭대기 내 방 문턱에 서 있었다. 할머니한테서 커피 냄새가 났다. 부엌 식탁 위에 놓여 있는 뽀얀 김이 나는 머그잔이 생각났다.

"나일?"

나는 거울에 비친 내 모습을 보며 얼굴을 찡그렸다. 머리카락이 정전기 때문에 이리저리 뻗쳐 있었다. 헬리콥터 날개처럼 보이는 머리를 해 가지고 어떻게 에즈라를 보러 가지?

할머니는 창가 자리에 있는 베일리 옆에 앉았다. 할아버지가 나를 위해 만들어 준 창가 자리.

할머니와 대화할 시간이 없었다. 빨리 아래층으로 내려가고 싶었다. 나는 책들 집으며 대답했다.

"나중에 얘기해요, 할머니."

"아니, 지금 당장 이야기해야 해."

나는 책을 다시 서랍장 위에 올려놓았다.

"에즈라의 건강이 점점 회복되어 가는구나."

"그런데 왜 지금 가서 보면 안 돼요?"

"그래도 되지만, 잠깐만 기다리거라."

나는 침대 끝에 앉아 할머니를 마주 보았다. 베일리는 창가 자리에서 내려와 내 위로 펄쩍 뛰어올랐다. 내 무릎에서 기우뚱거리며 한 바퀴 빙 돌더니 몸을 둥글게 말고 누웠다.

할머니가 자세를 바꿨다.

"에즈라에 대해 어떻게 생각하니?"

나는 꼼짝하지 않았다.

"처음에 왔을 때는 좋아하지 않았어요."

할머니가 고개를 끄덕였다.

"방 때문에 걱정되었어요."

"이제 걱정되지 않니?"

나는 에즈라 방에 가는 게 얼마나 좋은지 생각했다. 아주머니도 그 방에서 잤지만, 전에는 늘 뒷방이던 곳이 이제는 에즈라의 방이 되었다. 내가 이제 그 방을 에즈라의 방이라고 생각한다는 것을 새삼 깨달았다.

"너희 둘, 친하게 잘 지내니?"

나는 어깨를 으쓱했다.

"아주 친하게?"

"할머니, 저한테 남녀 관계에 대해 훈계하시려는 거예요?"

"넌 양들이 짝짓는 걸 오랫동안 봐 왔잖니. 그런 것에 대해 이야기할 필요는 없겠지. 그렇지 않니?"

할머니의 어깨 너머로 달빛이 비쳤다.

"이야기해 주셔도 상관없어요."

"아마 나중에. 나일, 내가 네게 이야기하고 싶은 건, 에즈라가 언젠가는 떠날 거라는 거란다. 그걸 알아야 해. 지금 떠나 달라고 말할 수도 있어. 너희 둘이 더 가까워지기 전에 말이야. 에즈라도 이젠 충분히 건강해졌단다. 언제든 떠날 수 있어."

"데리고 있을 만한 여유가 없어요?"

"그게 아니란다. 우리가 버틸 수만 있으면, 에즈라 가족도 돌볼 거란다."

"그럼 왜요? 에즈라 가족이 어디로 갈 수 있는데요, 할머니? 아는 사람이 하나도 없다고 하셨잖아요."

할머니는 창가 의자에 앉아 나를 쳐다봤다.

"나일, 죽음만이 아픈 이별을 가져오는 게 아니란다."

나는 고양이를 쓰다듬으며 할머니의 말을 듣지 않으려고 했다. 그리고 잠시 아빠를 생각했다.

"알아요. 그런 것 알아요. 할머니, 전 그저 에즈라가 낫기만 바라고 있어요."

"잘됐구나. 그럼 들어보렴. 방문 간호사 말이 에즈라가 그 방에서 나와야 한다는구나. 열다섯 살짜리 남자애야. 방 밖으로 나와야 해."

에즈라가 할아버지의 지팡이를 짚고 열심히 운동하고 있지만, 절대로 복도로 나가는 문턱을 넘지 않은 게 생각났다. 아주머니는 에즈라를 위해 아직도 휴대용 변기통을 들고 화장실을 왔다 갔다 했다.

나도 그 방에 들어가길 두려워했다. 에즈라가 나가길 두려워하는 것처럼.

"방 바깥이 무서운가 봐요."

"우리도 안단다. 하지만 에즈라는 오늘 처음으로 커튼을 열었어. 너와 먼시가 오후 내내 밖에서 소리 지르며 노는 걸 듣고서야 겨우 우리에게 커튼 여는 걸 허락했단다. 그것도 방사능 측정기로 창문 구석구석을 검사한 다음에야 말이다. 방사능 수치가 정상으로 나왔는데도 에즈라는 마스크를 쓰고 있겠다고 고집을 부렸지. 네 마스크를 버리지 않아서 다행이었단다, 나일. 그래서 다음엔 우리가 에즈라를 방에서 나오게 할 거야."

"방에서 나온 다음 다시 아프면 어떡해요?"

소벨 선생님은 방사능 피해가 몸에 축적된다고 했다. 이미 손상을 입은 세포들을 회복시킬 수도 없고, 다시 노출되면 더 큰 손상을 입을 거라고 가르쳐 주었다.

"나일, 난 집 안에서 방사능을 측정하는 것도 멈췄어. 집에 있는 건 모두 오염에서 깨끗하단다. 에즈라가 더 아프게 되진 않을 거야."

"글로 보증해 주실 수 있어요?"

"그렇게 한들 아무 의미가 없을 거야. 우리 삶에서 장담할 수 있는 건 없단다. 너도 알잖니."

알고 있었다.

지난달에 모든 것이 변했다. 원전 사고의 영향이 노스 해버샴까지 미치면서 주위에 있던 크고 작은 모든 것들이 변했다. 안전한 음식과 물, 일자리, 떠나간 선생님들을 대신할 분들을 찾아야만 했다. 기름이 배급되면서 화로에 땔 연료와 요리할 때 쓸 연료도 아껴야 했다.

하지만 에즈라에겐 변화가 다행이었다. 에즈라는 천천히 방사능 때문에 생긴 병을 이겨 내고 있었다. 에즈라는 점점 나아지고, 점점 튼튼해졌다.

나는 모든 걱정을 속으로 꾹 눌러 잊어버렸다. 에즈라만 중요했다. 그리고 에즈라는 점점 낫고 있었다.

13

에즈라가 지친 채 침대에 누워 있는 것을 자주 보았다. 낮에 학교에서 내가 지루한 시간을 보내는 동안 할머니와 아주머니가 에즈라를 충분히 도와주고 있다는 걸 알았다. 하지만 두 분은 내가 방 바깥으로 에즈라가 나오게 만들길 기다리고 있었고, 난 어떤 방법이 좋을지 아직 찾아내지 못했다.

어느 날 밤, 에즈라는 유난히 더 지쳐 보였다.

"오늘은 오래 있지 못해."

"숙제가 많니?"

"응. 별똥별이 쏟아지는 걸 나가서 볼 거거든. 학급 숙제야."

"별똥별이 떨어진다고? 한겨울에?"

"보통은 여름에 떨어지지만, 과학 선생님이 오늘 밤에 찾아보라고 하셨어."

"내일 다 이야기해 줄 거지? 그치, 셉?"

에즈라가 물었다. 관심을 보이며 에즈라가 좀 활기를 찾았다.

"너도 볼 수 있어."

"물론 나도 볼 수 있지. 창문으로 볼 수 있을 거야."

에즈라가 흥분한 목소리로 말했다.

나는 어깨를 으쓱했다.

"창문으로 보는 것과는 많이 다를 거야."

"아! 너 완벽주의자구나, 그렇지?"

"아니야, 난 네가 보고 싶어 할 거라고 생각했어. 제대로 보는 것 말이야. 밖에서. 이 창문으론 별로 볼 수 없거든."

"창문으로도 얼마나 잘 보이는지 알면 넌 깜짝 놀랄걸?"

"아니, 내 생각엔 네가 놀랄 거야."

에즈라는 이마에 내려온 머리카락을 빗어 넘겼다.

"넌 내가 이 방을 나가지 못할 거라고 생각하지, 그치?"

나는 양말 신은 발을 내려다보았다.

에즈라는 담요를 옆으로 치우더니 침대에서 일어나 지팡이를 짚고 복도를 향해 빠르게 걸어갔다. 에즈라가 지나가자 서랍장 거울에 매달린 마스크가 덜렁거렸다. 하지만 에즈라는 방문턱에서 멈췄다.

에즈라는 멈칫거리며 서 있었다. 목에서 힘줄이 가늘게 떨렸다.

할 수 있어, 에즈라. 한 발자국만 더 앞으로 나가기를 속으로 응원

했다. 하지만 에즈라는 나가지 못했다. 두려움 때문에 멈춰 섰다. 조금이라도 더 방사능에 노출된다면 치명적이라는 것을 에즈라도 알고 있었다. 이미 너무 많이 방사능에 피폭되었던 것이다. 아주 조금만 더 노출이 되더라도 에즈라는 죽을 수 있었다.

에즈라는 살고 싶어 했다. 방 안의 안전함을 떠나는 큰 위험을 무릅쓰기엔 너무 간절히 살기를 원했다. 할아버지와 엄마에겐 죽음의 방이었던 이곳이 에즈라에겐 유일한 희망이 되었다.

에즈라는 천천히 몸을 돌려 절뚝거리며 자기 침대로 돌아갔다. 에즈라는 지팡이를 바닥에 집어 던진 후 퀼트 이불 위로 푹 쓰러졌다. 에즈라는 다시 나를 쳐다보려고 하지 않았다.

깜깜한 어둠 속, 먼시네 집 쪽으로 반쯤 올라온 길가에서 나는 털옷을 푹 뒤집어쓰고 별똥별을 찾아 밤하늘을 유심히 살폈다. 원전 사고도 별똥별이 쏟아지는 건 방해하지 못할 것이다.

별똥별의 가는 하얀빛 꼬리가 하늘을 가로질러 리플리네 집 쪽으로 날아갔다. 산등성이에서 잡종 코요테 우는 소리가 차고 맑은 밤공기를 갈랐다. 캐일럽이 옆에서 낑낑거렸다.

타이러스도 제멋대로 돌아다니고, 겨울철에 배고픈 코요테들도 위협하니 양들이 많이 걱정됐다.

"리플리가 맞아. 양치기 개가 정말 한 마리 더 필요해."

나는 캐일럽에게 말했다.

양치기 개. 에즈라의 개가 될 수 있을 것이다. 에즈라가 우리와 지내게 된 첫날 밤이 기억났다. 내가 복도에서 주춤거리던 것, 화장실에서 나온 불빛이 어깨를 넘어 죽음의 침대에 누워 있는 곱슬머리 소년 머리에 비추던 것. '나도 개가 있었어.' 라고 에즈라가 말한 것도 생각났다. 어쩌면 에즈라가 다시 개를 가질 때가 된 것 같다.

추운 밤공기 속에서 덜덜 떨며 다른 별똥별이 하늘에 휙 지나가는 걸 지켜보았다. 나는 에즈라가 높은 피레네 산맥을 옆에 두고 방목지를 달려가는 걸 상상했다.

"에즈라는 양치기 개와 아주 잘 지낼 거야. 둘 다 비슷한 게 많거든. 둘 다 고집이 세잖아. 게다가 누구 발이 더 클지도 모르고."

주말에 할머니는 나를 트럭에 태우고 뒷길을 따라 북쪽에 있는 홀런드 목장에 갔다. 홀런드 아주머니도 쿡셔 사고의 영향을 느꼈다고 했다. 방사능 오염은 없었지만 근처에 배달되는 것은 모두 북쪽이나 서쪽에서만 온다고 했다. 정부가 남쪽 길을 모두 봉쇄해 버린 것이다.

우리는 함께 태어난 강아지 중에 가장 어린 수캉아지를 샀다. 홀런드 아주머니는 할머니와 나를 양 우리로 데려갔고, 양들 사이에 있는 강아지를 찾아냈다.

통통하고 털이 복슬복슬한 강아지를 집으로 돌아오는 내내 무릎 위에 앉혀 놓았다. 나는 작은 곰처럼 생긴 강아지 머리를 자꾸만 쓰다듬어 주었다. 축 늘어진 귀를 가지고 장난을 하면서 강아지에게서 나는 고무 비슷한 냄새를 맡았다. 나는 에즈라가 새 강아지를 갖게 되면 얼마나 좋아할지 상상했다. 아몬드 모양의 강아지의 눈이 에즈라의 눈을 생각나게 했다.

트렌트 아주머니는 강아지를 보자 미소를 짓고 좋아서 손뼉을 쳤다.

"정말 예쁘구나!"

에즈라는 침대에 앉아 내가 빌려 준 책을 읽고 있었다. 나는 강아지를 스웨터 밑에 숨겼다. 강아지는 계속 꼼지락거렸다.

책이 아주 재미있었나 보다. 에즈라는 내가 왔는지 알아채지도 못했다. 나는 문가에 서서 에즈라가 쳐다보기를 기다렸다. 마침내 에즈라는 정신을 차리고 내 쪽을 바라보았다. 에즈라는 도톰한 입술을 벌리며 웃음을 지었다.

"그게 뭐니?"

"와서 직접 봐."

에즈라가 눈썹을 추켜올리는 바람에 곱슬머리 밑으로 눈썹이 가려졌다.

"네 스웨터 밑에 뭘 감추고 있는지 나보고 만져 보라는 거니, 셉?"

나는 얼굴을 붉히며 급히 강아지를 꺼냈다.

"자, 네 거야."

이 순간을 기대했다. 사실 정확히 뭘 기대했는지는 모르겠지만, 적어도 에즈라가 강아지를 좋아하기를 기대했다.

하지만 에즈라의 얼굴에서 웃음이 사라졌다.

"왜 그 녀석을 이리로 데려온 건데?"

"네게 주는 선물이야. 할머니와 내가."

에즈라의 얼굴에 두려움이 가득 찼다.

"치워. 저리 치우라고!"

"왜 그래, 에즈라?"

"데리고 나가!"

에즈라의 목소리가 날카로워졌다.

"에즈라, 도대체 왜 그래!"

나는 에즈라가 무서웠다.

"내보내! 내보내란 말야!"

에즈라 계속 소리쳤다.

가슴에 강아지를 꼭 안고 나는 에즈라 방에서 부엌까지 정신없이 달려갔다. 강아지를 감싸 안고 떨리는 몸을 멈추려 했다.

할머니가 종이 상자를 손질했다. 낡은 수건을 접어 밑에다 깔고 임시 강아지 집을 화로 가까이 가져다 놓았다.

강아지는 오늘 밤 에즈라와 함께 있어야 했다.

한 달만 지나면 강아지는 늘 밖에 있을 것이다. 양치기 개는 양들과 함께 밖에 있어야 한다. 지금은 춥기도 하고 또 강아지가 아직 어리기 때문에 잠시 실내에 있게 된 것이다. 하지만 계속 그럴 수는 없었다.

난 완벽할 거라고 생각했다. 강아지가 한 달 밤을 에즈라 곁에서 지내면 둘이서 함께 밖으로 나갈 준비가 될 거라고 믿었다.

강아지는 상자 안쪽에 덜렁거리며 붙어 있는 종잇조각을 뜯어내 잘근잘근 씹었다. 그러고는 푹 젖은 종이를 뱉어 커다란 발로 쳤다. 그리고 털썩 주저앉아 잠이 들었다.

아침에 나는 강아지를 평평한 방목지로 데려가 나이 든 양떼들과 함께 시간을 보내게 했다. 에즈라의 방 커튼이 열리는 게 보였다.

"보고 있기를 바랄게."

강아지가 길 아래쪽으로 뒹구는 동안 나는 작은 소리로 속삭였다. 먼시도 강아지를 보았다. 하지만 아무것도 물어보지 않았다. 에즈라가 창가에 서 있는 걸 본 다음부터 먼시는 내게 거리를 두었다.

그날 오후 나는 학교 버스에서 내려 평평한 방목지를 가로질렀다. 강아지는 들판을 달려와 내게 몸을 던졌다. 강아지는 내 장화 끈을 물어 당겼다. 나는 양떼를 돌본 다음 강아지를 데리고 집을 향해 언덕을 올라갔다.

"오늘밤도 강아지를 에즈라에게 데려가니?"

할머니가 물었다.

나는 낡은 빨랫줄을 강아지 앞에서 달랑거렸다. 강아지는 위협하듯 빨랫줄을 향해 짖었다. 강아지 소리가 카랑카랑하게 울렸다.

나는 어깨를 으쓱했다.

"데리고 가렴."

할머니가 말했다.

그래서 그날 밤 에즈라에게 갈 때 강아지도 따라왔다. 나는 강아지 머리 위에 작은 털모자를 씌우고 털이 복슬복슬한 목에는 방울을 달았다.

모자 무게 때문에 강아지는 에즈라의 방 마룻바닥에서 비틀거렸다. 강아지는 모자를 발로 쳐서 바닥에 떨어뜨렸다. 그러고는 모자를 입에 물고 온 방 안에 끌고 다녔다. 옆으로 끌면서 가끔씩 걸려 넘어져 구르기도 했다. 강아지가 움직일 때마다 방울에서는 딸랑거리는 소리가 났다. 강아지는 에즈라 침대 옆에 모자를 떨어뜨리고 킁킁 냄새를 맡기 시작했다.

"저 강아지가 여기서 오줌 싸려고 그래."

"아니야."

오늘 밤엔 에즈라 때문에 흥분하지 않기로 결심했다.

"여기서 오줌을 싸려고 한다니까. 강아지가 오줌을 싸려 할 때 어떤지 안단 말이야. 못 하게 해. 제발 못 하게 하라구!"

에즈라는 거의 공포에 질린 것 같았다.

"왜 그렇게 소리를 지르니? 오줌을 싸면 싸는 거지. 강아지들은 원래 아무 데나 오줌을 싸. 내가 치울 테니 걱정 마."

정말 바보 같은 행동이었다. 나는 무척 화가 났다.

"침대에 올려놓아야겠어. 너한테 오줌 싸게 말이야."

"안 돼!"

에즈라가 소리를 질렀다.

나는 강아지를 바닥에서 쓱 들어올려, 잠시 머뭇거리긴 했지만, 에즈라 몸 위에다 내려놓았다.

"왜 안 되는데?"

에즈라는 강아지를 뚫어지게 쳐다보았다. 강아지도 일어나, 몸을 한번 떨고, 에즈라를 빤히 바라보았다.

"착한 강아지야, 에즈라."

에즈라는 얼은 듯 꼼짝하지 않았다.

바로 그때 강아지가 쪼그리고 앉더니 오줌을 쌌다.

"아, 맙소사!"

에즈라가 소리를 질렀다. 에즈라는 강아지를 손으로 쳐서 침대 밑으로 떨어트렸다. 강아지는 바닥에 떨어지며 비명을 지르더니 낑낑거리기 시작했다.

"저 소리 들어 봐. 병든 강아지라고. 넌 병든 강아지를 내 위에 올려놨어."

에즈라가 악을 썼다.

에즈라는 덮고 있던 이불을 치우려고 몸부림쳤다.

"넌 모르잖아. 저 강아지가 얼마나 방사능에 오염됐는지!"

"오염됐다고?"

아주머니가 방으로 뛰어 들어왔다.

"날 죽게 만들 수도 있단 말이야. 오줌에 남아 있는 방사능이 날 죽일 수도 있다고."

"그럴 리 없어, 에즈라."

나는 에즈라의 말이 도대체 이해되지 않았다.

강아지를 끌어안고 조용히 에즈라에게 말하기 시작했다. 강아지와 나를 동시에 안정시키려고 노력했다.

"강아지는 아무렇지도 않아. 보라고. 방사능에 오염되지 않았어. 그럴 리가 없어. 북쪽에서 데리고 왔단 말이야, 먼 북쪽에서. 오염에서 깨끗해."

에즈라가 공포에 질려 얼굴을 떨고 있었다. 내 말을 듣고 있지 않았다. 아니, 소리를 듣지 못하는 지경에 빠져 있었다. 낡은 데다가 잘 맞지도 않는 옷을 입은 아주머니가 앞으로 걸어 나왔다. 나는 아주머니 앞을 가로막았다.

"에즈라, 강아지는 병들지 않았어. 네가 놀라게 했을 뿐이야. 네가 놀라게 해서 낑낑거린 거라고. 아니? 저 강아지는 자기가 좋아하는 사람한테만 오줌을 싸. 아무한테나 오줌을 싸지 않는다고."

에즈라는 침대에서 일어나 방 한구석으로 갔다. 벽에 등을 기댄 채 부들부들 떨고 있었다.

강아지를 에즈라 가까이 데리고 갔다. 에즈라가 몸을 더 움츠렸다.

"개는 방사능 때문에 죽고 있어. 죽어 가고 있다고!"

에즈라가 소리쳤다.

나도 더 이상 참지 못하고 소리를 질렀다.

"이 강아지한텐 아무 문제도 없어! 방사능도, 독성도, 아무것도 없어! 그냥 평범한 강아지야. 봐, 에즈라."

"저리 치워! 내게서 치우란 말이야."

에즈라가 팔을 들어 얼굴을 가리며 악을 썼다.

"네가 나한테 얘기해 준 그 빌어먹을 새는 도대체 뭔데. 네가 불새라며. 이젠 잿더미 위로 일어나지 않는구나."

내가 소리쳤다.

에즈라는 자기 맨발, 피가 잘 통하지 않아 푸른빛이 도는 맨발을 빤히 내려다보았다. 에즈라의 몸 안에선 피가 너무 힘겹게 흐르고 있었다. 에즈라는 더 이상 몸을 지탱하지 못하고 바닥에 푹 쓰러졌다.

"사랑할 만한 건 데려오지 마. 사랑할 만한 건 아무것도 싫어."

에즈라가 속삭이고는 얼굴을 가렸다.

트렌트 아주머니는 아들 옆에 무릎을 꿇고 에즈라가 일어나는 걸 도왔다. 아주머니 눈가에 짙은 그림자가 드리웠다. 아주머니는 간신히 에즈라를 일으켜 세우고는 다시 침대에 눕히려 했다.

"거기 말고. 그 침대 말고."

에즈라가 소리쳤다.

아주머니는 에즈라를 간이침대로 데려갔다.

"우리끼리 좀 있게 해 주겠니, 나일?"

"알았어요! 잘 알겠다고요!"

나는 버럭 소리를 질렀다. 그러고는 곧장 강아지를 팔에 안고 트렌트 가족에게 등을 돌려 방에서 뛰쳐나갔다.

14

그날 밤 침대에 누워 있는데 아래층 부엌에서 말소리가 들렸다. 할머니와 아주머니의 목소리가 바닥을 타고 나한테까지 들렸다. 두 분은 지난 몇 주를 같이 지내며 친구가 되었다. 공통점도 하나 없었고, 평상시였으면 서로 전혀 관심도 갖지 않았을 테지만 지금은 상황이 달랐다. 할머니와 아주머니는 연결점을 찾았다.

베개를 머리 위에 푹 덮으며 말소리를 듣지 않으려 했다. 하지만 머릿속에는 서로를 향해 몸을 약간 숙인 채 김이 모락모락 나는 커피잔을 앞에 놓고 이야기를 나누는 할머니와 아주머니 모습이 그려졌다. 그리고 매미 울음소리처럼 커졌다 작아지는 할머니와 아주머니의 목소리가 베개를 뚫고 들렸다.

다음 날 아침, 할머니는 화로 앞에 서서 달걀부침을 만드느라 주걱으로 프라이팬을 긁고 있었다.

"오늘 집안일이 끝난 다음에 차로 맨체스터에 데려다 주마."

"맨체스터요?"

"오늘 아침에 거기에서 볼일이 있단다. 너도 크리스마스 쇼핑을 할 수 있을 거야. 여섯 시 정도에 다시 태우러 가마."

쇼핑은 늘 쿡셔에서 해 왔다. 노스 해버샴은 쿡셔와 맨체스터 중간에 있지만 쿡셔로 가는 길이 운전하기에 더 편했다. 게다가 쿡셔에는 훨씬 더 다양한 가게가 있었다. 하지만 이제 쿡셔는 존재하지 않는다. 그런데 어떻게 크리스마스는 아직도 남아 있을까?

"에즈라는요?"

할머니는 내 질문에 대답하지 않고 계속 달걀 요리를 만들었다.

나는 톡 쏘는 맛이 나는 치즈를 얇게 잘라 조금씩 먹었다.

"맨체스터에 먼시를 데려가도 돼요?"

나는 먼시와 화해하고 싶었다. 만약 먼시가 같이 가기로 한다면 말이다. 가려고 할지 어떨지 자신이 없었다.

"한번 물어보렴."

할머니가 말했다.

맨체스터는 은빛으로 반짝거렸다. 나무와 건물이 온통 눈으로 덮여 윤곽만 드러나 있었다. 반짝거리는 장식용 화환이 가로등에서 가로등으로 길게 연결되어 있었다. 상록수 잎줄기 장식도 집 앞 창문과 현관문에 빙 둘러 있었다.

노스셔 서점 대형 유리창엔 마스크를 쓴 플라스틱 산타 할아버지가 진열되어 있었다. 손님 중에도 여럿이 마스크를 쓰고 있었다. 적어도 오늘은 먼시 혼자만 마스크를 쓰고 있진 않았다.

먼시도 같이 왔다. 하지만 맨체스터까지 오면서 먼시가 자꾸만 차문 쪽으로 꼭 달라붙어서 밖으로 떨어질까 봐 걱정했다. 하지만 할머니가 일을 보러 간 뒤에는 조금 마음을 풀고 평소처럼 행동하기 시작했다.

반짝거리는 상점 진열창 앞에 가까이 다가가 나는 하나도 빠짐없이 모두 다 구경하려고 몸을 앞으로 굽혔다. 천사 인형 하나가 리본으로 장식한 크리스마스트리 위에서 빙빙 돌고 있었다.

"이것 봐, 나일."

먼시가 말했다. 천사를 흉내 내며 먼시는 짧고 흰 다리로 질퍽거리는 보도 위에서 빙빙 돌았다. 먼시는 창문 진열대에 들어가도 딱 맞았을 것이다.

난 먼시랑 함께 웃었다.

같은 학교에 다니는 여자애 몇 명이 우리 곁을 지나가며 인사했다. 학교 애들을 본 게 놀라웠다. 사고 전에는 맨체스터에서 쇼핑을 하는 노스 해버샴 사람은 하나도 없었다.

먼시와 나는 적당한 거리를 두고 사람들로 붐비는 거리를 지나갔다. 가게 안으로 들어가 진열대 주위를 구경하다 다시 추운 바깥으로 나왔다.

점심때가 다가오자 먼시는 몸짓으로 내게 커피 가게 안으로 들어가자고 했다. 우리는 가게의 어두운 조명에 눈이 익숙해질 때까지 잠시 문가에 서 있었다.

먼시와 난 첫 번째로 보이는 빈 테이블로 가서 마주 보고 앉았다.

"와, 귀엽네."

여종업원이 말했다. 먼시를 보고 한 말이다. 여종업원은 주문장을 펼쳤다.

"얘, 개들 중 하나지? 개네들을 뭐라고 하더라?"

"난쟁이?"

먼시가 말을 던졌다.

하지만 여종업원은 아직도 나한테만 말을 걸고 있었다.

"이맘때면 산타 할아버지 도우미로 일할 수 있겠다. 아니, 어쩌면 진짜 산타 할아버지의 꼬마 도우미 아니니? 쉬는 시간에 커피 마시러 온?"

여종업원은 자기 농담에 스스로 웃었다.

나는 먼시 생각에 당황스러워하며 앉아 있었다. 왜 사람들은 먼시가 감정이 없는 것처럼, 마치 옆에 존재하지 않는 것처럼 대하는 걸까?

"화장실이 어디죠?"

먼시가 물었다.

대답 대신, 여종업원은 마스크 위로 먼시의 볼을 꼬집으며 나한테 먼시가 얼마나 귀여운지 이야기했다.

"화장실은 모퉁이를 돌면 있어. 주방 지나자마자."

여종업원이 내게 말했다.

가슴이 쿵쿵 뛰었다.

먼시의 창백한 눈이 분노로 번쩍였고 눈썹은 안경 위까지 치켜 올라갔다. 먼시는 여종업원을 잠시 노려보더니 일어나 화장실로 걸어갔다.

먼시를 변호했어야 했다. 왜 먼시 편을 들지 못했을까?

먼시가 침착해져서 돌아왔다. 벌써 여종업원과 있었던 일을 모두 다 잊은 듯했다.

"이거 봤니?"

내가 물었다. 테이블마다 안내문이 붙어 있었다.

이 가게에서는 방사능에 오염되지 않은 음식과 음료만 제공합니다.

하마터면 에즈라가 이 가게를 좋아할 거라고 말할 뻔했다. 하지만 겨우 자제했다.

우리가 샌드위치와 코코아를 먹고 있는데, 같은 반 아이 댄 테일러와 남자애 셋이 가게 문을 열고 들어왔다.

먼시가 마스크를 쓴 채 코를 찡그렸다.

"온 동네 사람이 다 왔네."

먼시가 남자애들한테도 들릴 만큼 큰 소리로 말했다.

댄이 챙 넓은 모자를 살짝 들며 미소를 지었다.

남자애들은 빈자리를 기다리며 우리와 농담을 주고받았다. 우리 뒷 테이블이 먼저 비었다.

먼시는 다른 걸 할 때처럼 음식도 빨리 먹었다. 다 먹고 나자 먼시는 테이블에 놓여 있는 그릇에서 설탕 봉지를 하나 집어 들었다. 그러고는 설탕 봉지를 종이로 된 미식축구 공 다루듯 집게손가락으로 쳐서 내 쪽으로 날려 보냈다. 먼시의 조준 실력은 여전히 형편없었다. 매번 봉지는 점점 더 제멋대로 날아갔다. 다섯 번째엔 봉지가 내 어깨 너머로 날아가 남자애들 테이블 옆 땅바닥에 떨어졌다. 댄은 몸을 숙여 설탕 봉지를 집었다. 종이를 찢더니 설탕 가루를 자기 물컵에 부었다. 그러고는 물을 젓더니 한 모금 마셨다.

"아!"

입맛을 다시며 댄이 소리를 냈다.

남자애들 모두 설탕 봉지를 꺼내 들더니 댄을 따라했다.

"너희들 다 내가 좋다는 뜻이니?"

먼시가 물었다.

댄 빼고 다른 남자애들은 모두 물컵을 멀리 치웠다.

하지만 댄 테일러는 한 손으로 머리에 쓴 모자를 잡고 자기 자리에서 몸을 앞으로 숙여 먼저 먼시에게, 그다음엔 내게 과장되게 인사를 했다.

먼시와 난 서로 바짝 붙어 앉았다. 먼시가 오늘 하루 중에서 제일 가까이 다가온 것이다.

"댄이 널 좋아하는 것 같아."

먼시가 말했다.

"너 미쳤니?"

난 오이 피클을 한입 베어 물었다.

"미치긴!"

분홍색 설탕 봉지가 우리 테이블 위에 떨어졌다.

"나 좋아하는 사람은 없니?"

댄이 물었다.

먼시는 다 아는 체하는 표정을 지었다.

나는 분홍색 봉지를 집어 들었다. 그리고 돌아보지도 않고 어깨 너머 남자애들 테이블 쪽으로 던져 버렸다. 봉지는 댄의 물컵 안에 철썩 소리를 내며 떨어졌다.

"멋진데, 솜너. 삼 점!"

댄이 말했다.

"솜너가 삼 점 슛을 성공시켰습니다."

남자애들이 따라했다.

난 볼이 빨개졌다. 사실 나도 댄이 좋았다. 남자 친구로는 아니고 그냥 좋았다. 댄은 유머 감각이 있었다, 에즈라처럼.

옆 테이블에서 남자애 하나가 헛기침을 했다. 갑자기 수십 개나 되는 분홍색 봉지들이 먼시와 내 머리 위에 비처럼 쏟아졌다.

여종업원이 소리쳤다.

"얘들아, 그만해!"

"그래, 그만하라고, 얘들아."

먼시가 말했다.

"야, 난쟁아, 오두막에 달려가서 일곱 명의 네 꼬마 친구들 좀 데려오지 그래?"

남자애 하나가 말했다.

댄이 그 아이의 팔을 툭 쳤다.

"가자."

내가 먼시에게 말했다.

우리는 돈을 내고 밖으로 나갔다.

저녁때쯤 되자 크리스마스 쇼핑도 지겨워졌다. 도시에 있는 것도 이제 질렸다. 우리는 할머니를 6시 15분에 라디오 색이라는 전자 제품 가게 앞에서 만나기로 했다. 아직 15분이나 남아 있었다.

"안에서 기다리자. 너 추워서 떨고 있잖아."

내가 말했다.

가게 안에 들어서자 줄줄이 늘어서 있는 텔레비전들이 모두 지역 방송에 맞추어져 있었다. 소리는 나지 않고 그저 같은 화면만 여러 크기의 텔레비전에 서른 번씩이나 반복되고 있었다.

우리가 지켜보는 동안 아나운서가 책상 뒤에 앉아 소리없이 첫 번째 뉴스를 소개하고 있었다.

텔레비전에서는 쿡셔 원자력발전소의 한쪽 면이 폭발해 붕괴되어 있는 영상이 나왔다. 검게 그을리고 엉망이 된 구멍이 화면을 채웠다. 구부러진 잔해 덩어리들이 바닥에 이리저리 흩어져 있었다. 노심 격납고 건물에서 유출되는 방사능 양을 재려고 측량 장비가 있는 헬리콥터들이 원전 위를 날아다녔다. 건물 주위를 빙 둘러 우주복 같은 옷을 입은 비상 소방대원들이 모여 있었다.

다음 영상은 뉴햄프셔 주의 교통 혼잡 장면이었다. 사람들은 다투고 있고, 아이들은 버려진 차 뒷좌석에서 담요 밑에 몸을 숨기고 있었다. 우리도 학교에서 그 영상을 보았다.

그다음에는 비행기에서 빙 둘러 가며 파노라마식으로 넓게 찍은 오염 지역 내의 도시와 마을들의 영상이 나왔다. 길게 뻗어 있는 생명 없는 땅. 모든 게 완벽히 정상처럼 보였다. 단지 비어 있을 뿐이다. 눈을 치우지 않은 로간 공항 활주로 위로 오렌지색 풍향계가 바람에 펄럭이고 있었다. 보스턴의 상업 지역에도 인적이 없었다.

완전히 텅 비어 있는 건 아니었다. 비쩍 마르고 사나워 보이는 개들 한 무리가 차량 사이를 누비며 큰길에서 어슬렁거리고 있었다. 한꺼번에 몰려다니며 쓰레기를 뒤지다 서로 위협하기도 했다.

대피소는 피난민으로 붐볐고, 병원에는 환자들이 바닥에 누워 있었다. 시체들이 임시 보관소에 안치되어 있었다. 눈물 흘리는 남자들, 놀라서 눈을 휘둥그레 뜬 채 투명한 비닐 텐트 안에 들어가 있는 아이도 화면에 나왔다.

가게 안에 있는 다른 사람들이 우리 주위에 모여들었다.

뉴스 화면에는 얼굴 밑에 자막으로 원자력 규제 위원회 위원장이라고 쓰여 있는 사람이 나왔다.

그리고 미국 대통령도 나왔다.

마지막으로 카메라가 어두운 표정을 한 여자 앵커를 다시 비추었다.

그리고 광고들이 나오기 시작했다. 유치한 광고들.

먼시가 팔을 잡아당겨 텔레비전 화면에서 눈을 떼게 했다.

할머니랑 6시 15분에 밖에서 만나기로 했는데 우리가 늦은 것이다.

15

할머니는 고지식한 데가 있어 오트밀이나 달걀부침 말고 아침으로 다른 것을 만들 생각은 거의 하지 못했다. 난 오트밀을 아주 싫어하고, 달걀부침도 그리 좋아하는 편이 아니다. 화로를 쓸 수 있을 만한 나이가 되자마자 나는 팬케이크 만드는 방법을 배웠다.

원전 사고 이후 식료품을 구하기가 쉽지 않았다. 신선한 달걀과 우유는 특히 그랬다. 우리는 할머니가 통조림으로 만들거나 얼려 놓은 것과 노스 해버샴의 잡화점에서 먹을 것을 구했다. 지금 잡화점에 들어오는 식료품은 모두 다 깡통 음식이고, 가격도 전보다 두 배나 비쌌다. 필요한 게 항상 있는 것도 아니었다. 그래도 아직까진 굶어 죽은 사람이 없었다.

맨체스터에 다녀온 다음 일요일, 나는 꿀과 계피를 넣고 사과를 한 냄비 쪘다. 그리고 양 모양의 팬케이크도 만들었다. 두툼하고 노릇노릇한 양 수십 마리가 프라이팬에서 따듯한 접시로 이동했다.

할머니는 한 번도 유치한 음식을 만든 적이 없다. 하지만 나는 할머니도 이런 것을 좋아한다는 걸 안다. 할머니는 내가 만든 팬케이크를 잔뜩 먹을 것이다.

할머니가 밖에서 들어올 때 나는 그릇을 기울여 밑에 붙어 있는 반죽을 긁어내고 있었다. 강아지는 자기 상자 안에서 그릇을 올려다보며 무언가 기대하는 듯 코를 킁킁거리더니 다시 고개를 털썩 떨어트렸다.

밑에 붙어 있던 반죽을 뜨거운 프라이팬에 똑똑 떨어트리며 나는 팬케이크 양들이 지글지글거리는 소리를 들었다. 계피 향과 사과 냄새가 부엌을 아늑하게 만들었다.

에즈라를 하루 넘게 보지 못했다.

할머니는 커피를 조금 따랐다. 그리고 김이 나는 머그잔을 손으로 감싸 쥐고 식탁에 앉았다. 할머니는 쌓여 있는 서류들을 읽었다. 정부에서 보낸 편지인데 어제 우편으로 도착했다. 양 농가에 내려진 새로운 규정이었다. 근처에 우유를 공급해 주던 소들이 이번 사고로 많이 죽었다. 그래서 우리처럼 작고 안전한 목장들에 갑자기 정부가 관심을 갖기 시작한 것이다.

"오늘 아침은 정말 춥더구나. 아직 강아지를 내놓지 않는 게 좋겠어."

내게는 강아지를 집 안에 두는 게 전혀 문제되지 않았다.

팬케이크를 지켜보며 내가 물었다.

"할머니, 에즈라와 아주머니가 계속 여기 있는 것에 대해 생각해 보았어요. 에즈라가 다 나은 다음에도 말이에요."

할머니가 고개를 돌려 나를 쳐다보았다. 머그잔에서 김이 올라와 할머니 모습이 뿌옇게 보였다. 할머니는 커피를 한 모금 마셨다. 그리고 고개를 저었다.

"그건 안 돼."

"왜요?"

나도 할머니를 바라보았다.

"나일, 우리도 사고와 관련된 사람들이란다. 에즈라와 에즈라 엄마에게는 새로운 시작이 필요해."

"에즈라와 아주머니는 어떻게 될까요?"

"하던 일에 신경 쓰렴. 네 양들을 태우고 있잖니, 얘야."

할머니가 날카롭게 말했다.

나는 양 모양 팬케이크 밑으로 주걱을 집어넣고 뒤집었다. 아래쪽이 검게 탔다.

"에즈라는 목장을 좋아해요. 적어도 목장에 대해 듣는 건 좋아해요. 여기 머물고 싶어 할 거예요. 제가 알아요."

"틀림없이 머물고 싶어 할 거야. 바로 저 뒷방에서 말이야. 하지만 그게 에즈라에게 최선은 아니란다."

"에즈라에게 무엇이 최선인지 할머니는 어떻게 아시는데요?"

할머니는 일어나서 버터와 단풍 시럽을 식탁으로 가져왔다. 이웃에 사는 헐 아저씨네서 만든 것이다. 올해는 어쩌지? 이번에도 단풍 수액을 끓일 건가? 먹기엔 안전할까? 나는 팬케이크와 찐 사과를 식탁으로 가지고 와 자리에 앉았다.

"할머니, 어떻게 에즈라를 떠나보낼 생각을 하실 수가 있어요? 내가 본 애들 중에서 할머니 요리를 좋아하는 사람은 에즈라가 처음이라고요."

나는 포크로 팬케이크 양을 한 무더기 찍어 내 접시에 옮겼다.

할머니는 양에다 버터를 발랐다.

"에즈라가 특별히 내 요리 솜씨를 칭찬하는 것처럼 들리지 않는구나. 열다섯 살짜리 남자애는 아무거나 잘 먹는단다."

나는 끈적거리는 팬케이크를 한입 가득 물었다.

"열세 살짜리 여자애도 마찬가지지."

내가 앞에 쌓인 양들을 게걸스럽게 먹는 걸 보며 할머니가 말했다.

"먼시는 할머니가 만든 음식을 먹느니 차라리 굶겠대요."

"그만하렴. 이제부터 너 혼자 요리를 다 하고 싶지 않으면 말이다."

"하루 세끼 다 팬케이크 드실래요?"

할머니가 낄낄 웃었다.

할머니는 커피를 더 따르러 일어나다가 바닥에 축 늘어져 있는 베일리에 걸려 넘어질 뻔했다.

"바보 같은 고양이. 늘 발밑에서 걸리적거리고 있어."

"할머니!"

나는 베일리를 들어 올렸다. 우린 베일리가 원할 때마다 밖에 내보내 주곤 했다. 하지만 방사능에 오염된 쥐를 잡아먹을까 걱정되어 이젠 집에서 못 나가게 한다.

"용서해 주십시오. 위대하신 쥐 잡는 고양이 나리께서는 원하시는 곳 아무데서나 주무실 수 있으십니다. 나이 든 할망구가 걸려 넘어지도록 만들더라도 말입니다."

할머니가 빈정대며 말했다.

얇게 썬 향긋한 사과 조각들을 할머니 접시에 부었다.

"빨리 앉아서 드세요."

할머니는 양 모양을 따라 버터를 듬뿍 바르고, 찐 사과로 팬케이크를 덮었다.

"어제 네가 없는 사이에 에즈라가 방에서 나왔단다."

나는 의자에 맥없이 늘어졌다.

"내가 나오게 만들고 싶었는데……."

"네가 그렇게 한 거란다. 나올 수 있다는 걸 너한테 보여 주려고 그런 거야."

할머니는 팬케이크 양의 머리를 잘라 냈다. 사과도 포크로 찍어 입에 넣고 오물오물 씹었다.

"나일, 캐일럽이 와서 네 양들을 내 접시로 몰고 오기 전에 너도 좀 먹으렴."

둘이서 팬케이크를 다 먹어 버렸다. 에즈라를 위해 남겨 둔 것 몇 개 빼고는 탄 것들마저도 다 먹었다. 나는 손가락으로 접시에 묻은 향긋한 사과즙을 하나도 남김없이 찍어 먹었다.

할머니가 식탁을 치우고 있는데 복도에서 요란한 소리가 들렸다.

에즈라였다. 에즈라가 부엌을 향해 오고 있었다.

"가서 도와주렴. 내가 캐일럽을 데리고 나가 고모부네 목장으로 보낼 양들을 트럭에 실으마."

"목장 일은 어떻게 하고요?"

"벌써 다 마쳤단다."

지난번 강아지와 있었던 일 때문에 갑자기 당황스럽고 조심스러워졌다. 에즈라는 내가 복도로 나가 도와주길 바라지 않을 것이다. 나는 대신 바쁘게 부엌을 정리했다.

"우리의 깜짝 선물이 맘에 드니, 나일?"

아주머니가 복도에서 물어보았다.

아주머니 쪽으로 몸을 돌렸다. 아주머니의 눈이 잠을 잘 잔 것처럼 맑고 밝았다. 눈 밑 다크서클도 전처럼 어둡지 않았고, 할머니가 찾아 준 훨씬 더 잘 어울리는 옷을 입고 있었다.

아주머니는 다시 에즈라 쪽으로 몸을 돌렸다.

"거의 다 왔어."

부엌으로 들어오는 에즈라는 애를 쓰느라 마스크 위쪽으로 보이는 얼굴이 빨개져 있었다. 관자놀이엔 땀까지 옅게 맺혔다. 에즈라는 양 손에 할아버지의 지팡이를 하나씩 꽉 쥐고 있었다. 하얗게 된 손가락 관절이 만질만질해진 갈색 지팡이 위에 툭 불거져 있었다.

"나일이 부엌을 치우고 있구나."

아주머니가 누구나 대번에 알 수 있는 사실을 말했다.

"나일, 커튼 좀 닫아 주겠니?"

아주머니는 손을 들어 머리카락을 귀 뒤로 넘겼다. 손을 떨고 있었다.

아주머니에게, 아니 두 사람 모두에게 부엌이 위험하지 않다고, 해로운 방사능은 없다고 말해 주고 싶었다. 하지만 일을 망치고 싶진 않았다. 커튼을 닫았다.

"식탁까지 이제 몇 걸음만 더 가면 돼, 에즈라. 거의 다 왔어."

아주머니가 말했다.

에즈라는 지팡이에 의지해 가까스로 아주머니를 지나쳤다. 온몸에 힘을 주느라 얼굴이 굳어 있었다.

"난 방을 정리하러 돌아갈게, 에즈라."

아주머니는 가야 할지 말아야 할지 망설이며 잠시 그대로 서 있었다. 그러다 천천히 에즈라를 지나 복도를 걸어갔다.

에즈라는 지팡이 두 개에 기대어 서서 고개를 들었다. 그리고 부엌을 휙 둘러봤다. 에즈라는 물받이가 두 개인 싱크대, 장작 화로, 벽난로 앞 의자에 걸려 있는 내 외투를 보았다. 그리고 반짝이는 법랑 커피 주전자, 접시, 통조림, 잼 병들이 쌓여 있는 문 없는 찬장, 커다란 떡갈나무 식탁을 자세히 살펴봤다. 에즈라는 밖으로 나가는 문과 커튼 쳐진 창문을 보는 건 피했다.

"좀 어떠니, 에즈라?"

싱크대 앞에 서서 내가 물었다.

에즈라는 대답이 없었다. 에즈라는 마치 무엇이 숨어 기다리기라도 하는 것처럼 부엌을 의심스러운 눈초리로 살펴봤다.

나는 접시 닦는 데 집중했다.

"개는 어디 있니?"

"캐일럽 말이야? 할머니와 밖에 나갔어."

"아니, 다른 개 말이야."

"강아지? 강아지는 저기 화로 옆 상자 안에 있어. 아침 잘 먹고 푹 자고 있어. 할머니가 오늘 아침은 너무 추워 밖에 내놓지 말래."

에즈라는 식탁으로 걸어가서 의자에 털썩 주저앉았다.

"강아지가 하루 종일 밖에서 지낸단 말이야?"

나는 고개를 끄덕였다.

"양을 지키는 게 강아지 임무야. 얼마 안 있으면 밤에도 밖에서 지낼걸."

에즈라는 식탁 너머로 상자 쪽을 바라봤다.

"이 방, 안전하니? 오늘 여기 방사능 수치 재 봤니?"

"완벽하게 안전해. 아무 데도 방사능은 없어."

청바지 뒤에다 손을 문질러 말리며 내가 말했다.

측정기를 들고 부엌을 가로질러 가며 검사했다. 측정기에서는 안전하다는 신호음이 흘러나왔다.

"아, 잠깐. 어쩌면 평범한 검사로는 안심하지 못하겠구나."

나는 측정기를 싱크대 밑, 찬장 안, 내 겨드랑이 안쪽, 화로 위, 강아지가 있는 상자 위에 갖다 대었다. 측정기는 계속 안전함을 알려주는 일정한 간격의 신호음을 냈다.

강아지가 있는 상자에 가까이 가자, 에즈라는 잘 보려고 의자에서 몸을 움직였다.

"얘!"

내가 상자에 대고 불렀다.

강아지는 상자에서 재빨리 기어 나와 낑낑거렸다.

"너도 검사해야 해."

강아지의 귀를 쳐들고, 나는 측정기를 밑에다 집어넣었다. 조그만 신호음 소리에 강아지가 짜증을 냈다. 강아지는 측정기를 입으로 물려고 고개를 흔들더니 재채기를 했다. 강아지는 내 손아귀에서 도망가려고 앞다리를 공중에 들고 몸을 흔들며 꼼지락거렸다. 나는 측정기를 털이 복슬복슬한 궁둥이 쪽으로 가져갔다.

"거기엔 방사능이 없을 거야."

에즈라가 혐오스럽다는 듯 말했다.

"이런 강아지들이 얼마나 위험할지 아무도 몰라. 괜찮다고 생각하고 있을 때 사람들한테 방사성 오줌을 싸거든."

"그 개한텐 방사능이 없어. 그 개는 방사능에 오염되지 않았어."

"네가 맞을지도 몰라. 이 부엌 아무 곳도 방사능에 오염되지 않은 것 같아. 원한다면 마스크를 벗어도 될 거야. 그리고 널 위해 남겨 둔 이 팬케이크 좀 먹어."

나는 접시 위에서 측정기를 왔다 갔다 했다.

"봐, 안전해."

"고맙지만 됐어."

에즈라는 할아버지의 지팡이를 무릎 위에 올려놓았다. 에즈라가 손으로 식탁 위를 문질렀다.

"그냥 마스크 쓰고 있을게. 어차피 지금은 그렇게 배고프지 않아."

나는 식탁 맞은편에 앉았다. 이 식탁에서 남자애랑 같이 앉아 본 적이 없다. 에즈라가 의자에 앉은 것도 본 적이 없었다. 재밌다, 마치 춤추는 것처럼. 저렇게 에즈라가 맞은편에 앉아 있는 게 말이다. 나도 모르게 미소를 지었나 보다.

에즈라가 커다란 손을 펼치고 내 쪽으로 몸을 기울이더니 자기도 미소를 지었다.

"살아 있는 사람들의 세계에 온 걸 환영해, 에즈라 트렌트."

강아지를 무릎 위에 올려놓고 쓰다듬으며 내가 말했다.

갑자기, 어두운 그림자가 에즈라 얼굴 위로 지나갔다. 그림자는 곧 사라졌다.

"정말 뭐 먹고 싶은 것 없니?"

이번엔 두려움이나 의심의 눈초리 없이 에즈라가 다시 부엌을 둘러봤다. 장작 화로는 따듯한 온기를 뿜어냈다. 에즈라는 장작 보관통, 모서리가 둥그런 낡은 냉장고, 미네랄 때문에 오렌지색으로 변한 싱크대를 자세히 살펴봤다. 에즈라는 다시 내 쪽으로 몸을 돌려 강아지한테 손을 뻗었다.

"왜? 강아지가 나한테 오줌 쌀까 봐 걱정되니?"

"그러면 쌤통이지."

바로 그때 쿵쿵 발을 굴러 장화에 묻은 눈을 털며 할머니가 들어왔다. 찬 바람이 휙 불었다.

"나일, 고모와 고모부한테 보낼 암양 두 마리 데려오는 것 좀 도와줄래? 아, 그리고 강아지도 밖으로 데려오렴. 이젠 개도 앞쪽 방목지에 갈 수 있을 거야."

에즈라가 지팡이에 기대어 일어났다. 할머니보다 훨씬 컸다.

"이제 방으로 돌아갈게요."

에즈라가 말하는 사이 마스크가 펄럭거렸다.

할머니는 에즈라가 부엌에서 나갈 때까지 기다렸다가 내 옆에 와서 나란히 섰다. 같이 서서 에즈라가 할아버지의 지팡이에 의지해 힘겹게 복도 모퉁이를 지나 자기 방으로 들어갈 때까지 지켜보았다.

16

메이 고모와 렘미 고모부는 올드 퍼트니 로드에 커다란 젖소 목장을 운영하고 있었다. 어쨌든 전에는 젖소 목장이었다.

지금은 아무것도 아니다.

수백 마리의 얼룩 홀스타인 젖소들이 있던 고모부 목장을 나는 아주 좋아했다. 목장을 지나갈 때가 하루 중 언제냐에 따라 젖소들이 방목지를 가로지르고 있거나 가만히 서서 풀을 뜯어먹고 있거나 아니면 꼬리를 흔들며 파리를 쫓아내고 있었다. 어쩔 때는 외양간 양철 지붕 밑에 서 있기도 했고, 고모와 고모부가 찻길 밑을 파 만든 터널을 어슬렁거리며 지나다니기도 했다. 젖 짤 때가 되면 소들은 길을 건너 다시 외양간으로 돌아오는 걸 잊지 않았다.

젖소들의 흔적은 하나도 남아 있지 않다. 정부는 고모부 목장 근처에 방사능 낙진이 떨어지지 않았다고 주장했지만, 그 보고서는 거짓이었다. 소와 우유과 방목지 풀, 모든 것에 방사능 오염의 흔적이 남아 있었다. 비상 구조대원이 방사능 측정기를 주어 고모부도 방사능 수치를 잴 줄 알았다.

"이제 여기도 안전해요?"

할머니 트럭이 고모부네 목장 진입로에 들어갈 때 내가 물었다.

"지난달 내린 비가 모든 걸 대부분 깨끗하게 씻어 냈어. 게다가 우리보고 오라고 하기 전에 렘미 고모부가 다시 방사능 수치를 쟀단다. 방사능은 이제 땅속, 눈과 얼음 밑으로 들어가 지하수로 스며들고 있지. 우리가 방문하기엔 안전해. 하지만 사람들이 살기에 적절한 곳은 아니란다."

할머니는 고모부네 집에서 가장 가까운 곳에 있는 외양간에 트럭을 뒤로 세웠다. 고모부가 나와서 암양들을 내리고는 깨끗하게 청소된 외양간으로 몰아넣었다. 우리는 서둘러 외양간에서 나와 집 안으로 들어갔다.

병원 침대와 의료 기구들이 거실의 많은 부분을 차지하고 있었다. 나머지 공간에는 일곱 명이나 되는 사촌들이 축 늘어져 있었다.

침대에는 여자 사촌 중에 가장 어린 베서니가 모니터와 고무호스들에 연결된 채 누워 있었다. 숱이 빠진 머리카락이 축축하고 검은 손가락같이 머리를 덮고 있었다. 베서니는 사고 직후 많은 양의 방사능에 노출되었다. 아무도 왜 베서니가 다른 사람들보다 더 심하게 아픈지 알지 못했다. 의사들은 베서니가 한 달을 넘기지 못할 거라고 생각했다. 하지만 이미 한 달을 넘겼다.

"그럭저럭 지내고 있어요. 하지만 목장을 팔 수도 없고, 렘미도 떠나고 싶어 하지 않아요. 적어도 몇 달, 오염 정도를 확인할 때까지는요."

고모가 말했다.

정부는 두 번이나 고모부네 목장의 높은 방사능 수치를 모른 체했다. 하지만 고모부는 방사능 측정 수치를 무시할 수가 없었다. 정부가 안전하다고 주장해도 고모부는 오염된 우유를 내다 팔 수가 없었다.

예전에 고모와 고모부는 항상 잘 웃었다. 그 웃음 덕분에 눈과 입 주변에 합죽선 같은 엷은 주름이 생겼다. 이젠 그 엷은 주름이 마치 구겨진 이불 위에서 오래 자고 난 뒤에 생긴 자국처럼 고모와 고모부의 얼굴에서 무척 어색해 보였다. 아빠가 떠나고, 엄마가 돌아가셨을 때도 고모와 고모부는 이렇게까지 힘들어하지 않았다.

십이월치고는 따듯했지만 고모부는 장작 화로의 불길을 활활 타오르게 해 놓았다. 남자 사촌 형제들이 거실을 다 차지하고 있었다. 제멋대로 뻗은 팔들과 보기 싫게 벌린 다리들이 어디에나 보였다. 표백제 냄새 밑에 다 큰 숫염소에서 나는 것 같은 고약한 냄새가 남아 있었다.

전에 왔을 때 나는 5분 이상 고모부 집 안에 머문 적이 거의 없었다. 보통 샌드위치를 먹거나 아니면 화장실에 가기 위해서 잠깐 집 안에 들어가곤 했다. 가끔은 아예 들어가지도 않았다. 우린 모든 일을 바같에서 해결했다.

"루? 맥신? 나가서 놀자."

내 또래의 두 사촌 형제에게 말했다.

둘 다 두려운 표정을 지으며 고개를 들었다.

"너무 더워. 나가고 싶어."

루와 맥신은 나를 외면했다.

"그럼 나 혼자 갈 거야."

나는 자리에서 일어섰다.

할머니와 고모가 서로 쳐다봤다.

"바깥 상태가 얼마나 나쁘니?"

할머니가 물었다.

"좀 나아졌어요. 외양간과 집 근처는 나쁘지 않아요. 보호 장비도 있고요."

고모부가 말했다.

할머니가 나를 쳐다보며 말했다.

"보호 장비를 입고 고모부가 안전하다고 한 곳에만 있어야 한다."

나는 고개를 끄덕였다.

"됐다, 그럼."

할머니가 말했다.

고모는 부엌 옆에 딸린 외투를 걸어 놓는 작은 방으로 나를 데리고 갔다. 그러고는 방호복을 겹겹이 입는 걸 돕느라 알을 품고 싶어 하는 암탉처럼 부산스럽게 움직였다.

"밖에 나가서 너무 힘 빼지 말거라. 너무 오래 나가 있지도 말고, 연못 너머에는 가면 안 돼."

고모가 내게 단단히 일렀다.

익숙한 풍경인 눈 덮인 넓은 골짜기를 바라보며 현관문 밖으로 걸어 나갔다. 방호복과 마찬가지로 방호 장화도 거치적거렸다. 고모가 조심스럽게 얼굴에 씌워 준 마스크 때문에 숨 쉬는 게 힘들었다. 그래도 밖에 나가니 좋았다.

나는 연못 쪽으로 걸어갔다. 늘 그 연못을 좋아했다. 거기서 수영하는 걸 배웠다. 고모부는 온 가족이 모두 한꺼번에 올라갈 수 있게 물 위에 떠 있는 커다란 나무 섬을 만들어 놓았다. 여름에 시끌벅적 떠들던 소리와 맨발로 잔디, 연못 진흙, 나무 섬의 거친 판자 위를 밟을 때 느껴지던 감촉이 기억났다.

루와 맥신은 내가 함께 나가자고 했을 때 공포에 질린 표정을 지었다.

나는 다시 외양간 쪽으로 가 보았다. 똑같이 생긴 세 개의 긴 외양간이 덮개 있는 길로 연결되어 있었다. 성조기가 문마다 그려져 있는 빨간색 외양간들. 해마다 사촌들은 국기가 새뜻해 보이도록 작은 페인트 붓으로 저마다 손질을 했다.

개구리가 골짜기로 기어 내려가고 있었다.

모퉁이를 지나서 콘크리트 블록으로 막혀 있는 찻길 쪽으로 방향을 바꾸었다. 방호복을 입은 두 군인이 바리케이드로 꽉 막아 놓은 길을 지키고 있었다. 전에는 큰길을 따라 차들이 많이 지나다녔다. 이젠 지나갈 수 있다고 하더라도 아무도 그러려고 하지 않았다. 오염 지역인 남쪽으로도, 거기서 빠져나오는 북쪽으로도 갈 수 없었다. 군인들은 약탈자들이 방사능에 오염된 물건들을 가지고 나와 야시장에 팔지 못하도록 지키고 있었다. 군인들은 또 가끔씩 죽음의 오염 지역에서 비틀거리며 뒤늦게 빠져나오는 사람들을 도와주었다.

고모부 목장은 바로 그 죽음의 지역 경계선에 있었다. 목장이 없어진 것처럼, 고모와 고모부 그리고 내 사촌 형제들이 죽어 가는 것처럼 길도 사라졌다.

뼈가 쑤시듯 아팠다. 어쩌면 방호복의 무게 때문에, 아니면 급격한 온도 변화 때문에 그런 것 같았다. 북쪽에서 안개 벽이 몰려왔다.

양 두 마리를 빼고는 텅 비어 있는 첫 번째 외양간으로 걸어 들어가며 나는 예전에 이곳이 어땠는지 기억해 냈다. 한때는 이 외양간에 소들의 발을 구르는 소리, 음매거리는 소리가 울려 퍼졌다. 이제는 내 발자국 소리만 울려 퍼진다. 그리고 임신한 두 암양이 외롭게 매매 우는 소리만. 전동싸리, 묶은 건초, 소에게서 나는 흙냄새 같은 옛 냄새가 헛간의 거친 나무판자에 들러붙어 있었다. 유령같이 남겨진 냄새들.

목장을 잃으며, 생계 수단을 잃으며, 어쩌면 자식들마저 잃으며 고모와 고모부가 얼마나 더 버틸 수 있을까?

정부는 고모부를 모욕했다. 고모부가 다른 사람들의 불행을 통해 이득을 취하려 한다고 말했다. 원전 사고를 이용하려 한다고. 이렇게 크고 극심한 고통과 피해 앞에 부끄러워해야 한다며 고모부에게 망신을 주었다. 고모부 목장엔 아무런 문제가 없다고.

만약 정부가 말한 게 사실이라면 왜 고모부가 우량종 홀스타인 젖소떼를 도살했겠는가? 왜 내 사촌 베서니가 거실에 있는 병원 침대에 누워 방사능 병으로 죽어 가는가?

소들에게, 딸에게 무슨 일이 일어난 줄 알면서 어찌 고모부가 다른 젖소들을 여기에 풀어 놓을 수 있겠는가?

헛간 밖으로 다시 나오자 안개가 나를 에워쌌다. 안개는 목장을 뒤덮었다. 나는 등으로 딱딱한 판때기를 확인하며 헛간의 거친 벽에 몸을 기댔다. 할아버지가 이 외양간들을 지을 때 도움을 주었다. 할아버지도 할머니도 메이 고모한테 나쁜 감정이 없었다. 문제는 아빠였던 것이다. 내 문제도 아빠 때문에 생겼다. 모든 이별이 아빠로부터 시작된 것이다.

안개 속으로 세상이 사라졌다.

달리지 말라던 경고를 잊어버렸다. 숨을 깊이 들이마시지 말아야 한다던 당부도 잊었다. 집으로 돌아가야 했다. 할머니가 고모네 집 거실 한가운데에서 꿈쩍 않고 있는지 확인해야 했다.

17

화요일 저녁 식사 후, 트렌트 아주머니는 에즈라를 부엌으로 데려왔다. 여전히 마스크를 쓰고 있었다.

"안녕, 에즈라."

에즈라는 절뚝거리며 나를 바로 지나쳤다. 복도 건너오는 걸 이틀 전만큼 힘들어하지 않았다. 이번엔 할아버지의 지팡이를 한 개만 사용했다.

"아직도 안전하니?"

나는 창문 주변과 부엌 여기저기를 측정기로 검사했다.

이번엔 에즈라가 의자에 풀썩 주저앉지 않았다. 두 발로 버티고 서서 화로에 등을 덥혔다.

"날마다 더 좋아지는구나."

나를 똑바로 쳐다보며 에즈라가 마스크를 벗었다. 그러고는 지팡이에 의지해 절뚝거리며 창가로 가서 깜깜한 밤을 내다보았다.

그리고 다시 부엌 쪽으로 몸을 돌려 싱크대에 편하게 몸을 기댔다.

"멋지다. 너와 할머니는 정말 멋진 곳에 살고 있구나."

"고마워. 집 안은 할아버지가 모두 다 꾸미셨어. 양 키우는 것보다 목공일을 더 좋아하셨거든. 위층에 있는 내 방도 할아버지가 꾸미셨어. 창가 의자와 붙박이 책장을 만드셨지. 계단을 오를 만큼 기운이 있으면 올라와 봐도 돼."

에즈라는 내 방까지 연결된 계단 문 안쪽으로 고개를 들이밀었다.

"한번 가 볼까?"

지팡이에 의지해 에즈라는 조금씩 계단을 올라갔다. 숨을 고르기 위해 여러 차례 멈추어 서며 천천히 한 걸음씩 올라갔다. 계단을 다 올라와선 내가 지나가도록 한쪽으로 비켜섰다. 나는 혹시 에즈라가 계단에서 넘어질까 봐 뒤에서 바짝 따라 올라갔다. 에즈라는 계단 꼭대기에서 지팡이에 기댄 채 숨을 헐떡거리며 잠시 쉬었다.

밤을 지내기 위해 집 안에 있던 강아지도 우리를 따라 계단을 올라왔다. 강아지는 내 퀼트 이불에 앞발을 올리고 침대 가운데서 졸고 있던 베일리를 향해 짖어 댔다. 베일리는 네 발로 벌떡 일어나 등을 활처럼 굽히고 털을 곤두세웠다. 베일리는 강아지를 낮은 소리로 위협하더니 춤추듯 옆으로 한두 걸음 비켜나 번개처럼 계단을 내려갔다.

나는 강아지가 고양이를 쫓아 계단을 내려가지 못하도록 손으로 꼭 붙잡았다.

에즈라는 내 침대까지 걸어간 다음 한쪽 옆에 걸터앉았다. 강아지는 내 손끝을 찾아 깨무느라 정신이 없었다. 고개를 들어 에즈라가 내 물건들을 관찰하는 걸 지켜보았다. 먼시의 방처럼 책이 많으면 좋았을 텐데. 사고 전 에즈라는 분명히 책에 관심이 많았을 것이다. 아마도 에즈라는 내 새 둥지 상자, 돌, 솔방울 들에 관심이 별로 없을 것이다.

에즈라는 침대 끝에 앉아 숨을 고르느라 애썼다. 어깨를 움츠린 채 창에서 고개를 돌리고 있었다. 등 뒤에는 이 빠진 커다란 입처럼 떡하니 창문이 있었다.

"측정기 가져와 내 방을 검사해 볼까?"

에즈라가 고개를 끄덕였다.

나는 강아지를 내려놓고 가만있으라고 명령한 다음, 두꺼운 양말을 신은 발로 에즈라 옆을 조용히 지나쳐 갔다.

부엌으로 내려와 장작 화로의 문을 열었다. 다 탄 장작들을 살살 움직여 정리한 다음 불에다 새 장작 하나를 던져 넣었다.

방사능 측정기를 들고 다시 조용히 계단을 올라갔다.

몰래 지켜볼 생각은 아니었지만 에즈라가 내 방에 있는 걸 밖에서 보고 있으니 기분이 좋았다. 내가 계단 어두운 곳에서 지켜보는 동안 에즈라가 가까스로 일어섰다. 에즈라는 있으라는 곳 근처에 그대로 있으면서 내 가방 냄새를 맡느라 정신이 없는 강아지 옆에 가서 섰다.

에즈라가 천천히 무릎을 꿇었다. 강아지가 에즈라 잠옷 냄새를 맡았다. 에즈라가 고개를 숙이는데 강아지가 두툼한 목을 위로 쑥 내밀었다. 갑자기 코가 서로 맞닿았다.

계단 꼭대기에서 나는 꼼짝 않고 서 있었다.

에즈라가 강아지를 팔로 들어 올려 꼭 안았다.

바로 그 순간 내가 방 안으로 들어갔다.

"아하, 친구가 되었네."

"얜, 거부하기가 힘들어."

에즈라는 강아지를 내려놓고 한 손으로 지팡이에 기대어 서서 내가 방 안 구석구석을 측정기로 검사하는 걸 지켜보았다.

일정한 간격으로 울리던 경보음이 갑자기 빠르게 바뀌었다. 바로 내 침실에서 측정기가 방사능을 찾아낸 것이다.

에즈라의 눈이 휘둥그레졌다. 숨소리가 얕고 빨라진 걸 알 수 있었다. 나도 믿기지 않아 측정기를 내려다보았다.

"뭐니?"

에즈라가 물었다.

나는 다시 선반 위에서 측정기를 움직였다. 측정기가 또 방사능 흔적을 찾아냈다.

"무엇이든 간에 말이야, 에즈라, 아주 조금밖에 안 돼."

나는 에즈라를 안심시키려고 노력했다.

"아주 조금도 내겐 너무 많아."

계단 쪽으로 뒷걸음치며 에즈라가 속삭였다.

떨리는 손을 억지로 참으며 방사능에 오염된 곳을 정확히 찾으려고 측정기를 선반 위에서 천천히 움직였다. 그리고 마침내 찾아냈다.

"시계들이야, 에즈라. 고작 내 시계들이었어. 아마 시곗바늘에 있는 페인트 때문일 거야. 야광 시계들이거든."

에즈라 눈에 눈물이 고였다.

"고작 낡고 망가진 시계들일 뿐이야, 에즈라."

"저리 치워 줘."

에즈라가 속삭였다.

"그래, 알았어."

나는 시계를 들고 감출 곳을 찾아 둘러보았다.

"이 시계들 어디다 치우면 좋겠니?"

"이 방에서 갖고 나가. 제발 갖고 나가."

나는 시계를 들고 아래층으로 달려 내려가 거실 소파 방석 밑에 쑤셔 넣었다.

다시 방으로 돌아가며 부엌에서 마스크를 집어 들었다. 에즈라는 창백한 얼굴로 멍하니 서 있었다.

"이거 다시 쓸래?"

마스크를 건네며 물었다.

나는 측정기로 모든 걸 조심조심 다시 검사했다.

"이제 괜찮아."

에즈라가 손으로 눈을 비볐다.

"이제 다 괜찮아, 에즈라."

"시계는 어디로 치웠니?"

"네가 근처에 가지 않을 곳에 두었어. 거실 방석들 밑에 말이야. 나중에 집 밖으로 치울게."

강아지가 에즈라의 바지 끄트머리를 잡아당겼다. 에즈라는 몸을 떨면서 심호흡을 했다.

"그럼, 네 방 구경시켜 줄래, 나일?"

나일. 에즈라가 내게 나일이라고 불렀다.

"물론이지."

난 내 방에서 가장 멋진 것들을 손가락으로 가리켰다. 하지만 에즈라에게 보여 주다 보니 그것들이 그다지 대단해 보이지 않았다. 에즈라는 틀림없이 쿡서에 훨씬 멋진 방이 있었을 것이다. 훨씬 멋진 집이.

침대 옆 탁자 쪽으로 가며 나는 책 제목들을 큰 소리로 읽기 시작했다.

"한 권 빌려 갈래?"

"그래. 제대로 다시 한 번 읽어 보고 싶어. 거의 기억나지 않거든."

《슬레이크의 연옥》을 고르며 에즈라가 말했다.

기억나지 않는 것도 당연하다. 내가 그 책을 읽어 줄 때 에즈라는 죽은 사람에 더 가까웠다.

나머지 책들은 여자애들이 주인공이거나 에즈라 나이에는 맞지 않을 것 같았다. 에즈라가 그다지 재미있어할 만한 책들이 없었다. 내일 먼시한테서 책을 좀 빌려야겠다. 맨체스터에 다녀온 뒤로 먼시와 사이가 좀 나아졌다. 어쩌면 먼시가 자기 책을 몇 권 빌려 줄 거다.

에즈라가 바닥에 앉자 강아지는 에즈라 위에서 장난을 쳤다. 강아지는 커다란 머리로 에즈라를 들이받고, 에즈라의 손을 뾰족한 이빨로 조심스레 깨물었다. 그리고 할아버지의 낡은 셔츠로 만든 에즈라의 플란넬 잠옷 윗도리 한쪽을 물고 으르렁대며 잡아당겼다. 에즈라도 마스크를 쓴 채 강아지를 마주 보며 으르렁댔다. 강아지는 깜짝 놀라 옷자락을 놓쳤다. 쿵 하고 엉덩방아를 찧으며 고개를 한쪽으로 기울였다.

나는 웃으며 에즈라와 강아지 반대편 바닥에 앉았다.

"이리 와, 얘야."

나는 강아지를 부르며 손뼉을 쳤다.

강아지는 에즈라에게서 펄쩍 뛰어내려 바닥을 구르듯 가로질러 내게 달려왔다.

트렌트 아주머니가 에즈라에게 내려오라고 부를 때까지 우리는 강아지와 놀았다.

부엌으로 내려가며 에즈라는 몸을 돌려 나를 쳐다보았다. 계단으로 퍼져 나온 내 방 불빛이 마스크를 쓴 에즈라의 얼굴에 닿아 꼬리가 처진 눈과 작은 흉터를 비추었다.

에즈라가 미소를 지었다.

“잘 자, 나일.”

에즈라는 계속 나를 올려다보았다.

화로에서 하루 종일 요리를 한 날 같았다. 내 몸 구석구석, 안과 밖 모두가 따뜻하게 느껴졌다. 발가락까지도. 에즈라가 몸을 돌리는 것을 보았다. 곱슬머리 에즈라가 계단을 내려갔다.

18

에즈라는 밤마다 내 방에 올라왔다. 새 책을 빌리러 왔다고 했다. 먼시는 기꺼이 책을 여러 권 빌려 주었다. 대부분 남자아이들이 좋아할 만한 책들이었다. 먼시는 아무것도 묻지 않았다. 그리고 에즈라도 첫날 보았던 것보다 어떻게 내가 갑자기 훨씬 더 많은 책을 가지고 있는지 묻지 않았다.

우리는 매일 저녁 강아지와 놀았다. 에즈라와 나는 강아지에게 물건 가져오기, 가만있기, 제자리에 앉기를 가르치며 상으로 할머니가 만든 빵 조각을 조그맣게 떼어 주었다.

에즈라는 할아버지의 지팡이에 점점 덜 의지하게 되었지만, 그래도 계속 들고 다녔다. 에즈라는 강아지한테 지팡이 위로 뛰어넘는 걸 가르치려고 했다. 하지만 강아지는 지팡이 밑을 비집고 가거나 재빨리 지팡이 끝을 돌아 다른 편으로 건너가곤 했다. 나는 시계들을 헛간에 숨겼고, 에즈라는 차츰 마스크를 벗게 되었다.

하루는 수업 전 학급 조회 시간에 페리 교장 선생님이 나를 불렀다.

행정 선생님이 있던 빈 책상을 지나 교장실 문을 노크했다. 학생들은 교장 선생님을 '연필'이라고 불렀다. 키가 크고 마른 데다가, 피부도 약간 노란빛을 띠고 있어서였다. 교장 선생님은 마을에서 월급 주는 걸 보장하지 못하는데도 사고 후에 학교를 떠나지 않았다.

교장 선생님은 서류 여러 장을 앞에 펼쳐놓고 책상에 앉아, 컴퓨터에서 출력한 종이를 손가락으로 매만지고 있었다.

"들어오렴, 나일. 네가 첫 수업을 놓치지 않게 빨리 이야기하자꾸나."

입이 마르고 달라붙는 것 같았다. 오늘 아침에 이를 닦았는지 기억이 나지 않았다.

"할머니와 너, 모두 잘 지내지?"

"그런 것 같아요."

"할머니께서 지난주에 전화해서 너희 집에 머물고 있는 손님들에 대해 들려주셨단다."

눈 밑이 씰룩거렸다.

"괜찮단다, 나일. 피난민들이 너와 함께 있다는 것 알고 있어."

나는 교장 선생님 반대편 의자에 앉아 고개를 끄덕였다.

"또 네가 비밀로 해 두고 싶어 한다는 것도 안단다. 특히 이번 피난민들의 경우엔 말이다. 원전과 직접 관련이 있는 가족들은 머물 곳을 찾기가 정말 힘들었단다."

교장 선생님이 책상 위에 쌓여 있는 서류에 깡마른 팔꿈치를 대고 내 쪽으로 몸을 기울였다.

"남자애 어머니랑도 통화를 했단다. 어머니는 에즈라가 다시 공부를 시작할 만큼 건강이 회복되었다고 생각하시더구나."

나는 교장 선생님 컴퓨터 뒷면을 바라다보았다. 컴퓨터엔 닦아 주고 싶을 만큼 먼지가 많이 쌓여 있었다.

어지럽게 책상에 흩어져 있는 종이들 중에 한 뭉치를 집어 들며 교장 선생님이 설명해 주었다.

"이건 고등학교 일 학년 선생님들께서 주신 노트란다. 그리고 이건 그 애에게 필요한 책이야. 내 생각엔 에즈라가 집에서 공부하는 게 나을 것 같다. 솔직히 말하면, 난 대부분의 학생들과 학생 가족들이 에즈라를 리랜드 앤 그레이 학교에 받아들일 준비가 되었는지 자신할 수 없구나. 일단은 네가 그냥 매주 공부할 것들을 가져가렴. 그러면 에즈라도 진도를 따라갈 수 있을 거야. 선생님들도 에즈라에 대해 안단다. 학교 위원회에서도 알고. 하지만 당장은 다른 사람들에게 에즈라에 대해 이야기할 필요가 없을 것 같다."

"네, 교장 선생님."

교장 선생님은 책상 위에 있는 서류를 내려다보았다.

"그 애가 앞서 내준 이 과제물을 하는 데는 아무 어려움이 없을 거다. 학교를 한 번도 빠지지 않았으니까. 그 일이 있기 전까지는……."

나는 교장 선생님한테 등을 돌리며 노트와 책들을 떨어뜨리지 않도록 묘기 부리듯 들고 일어섰다. 사고에 대해 이야기하고 싶지 않았다.

"그 애가 이해 못하는 게 있거나 잘 모르는 게 있거든 알려 주렴."

"네, 교장 선생님."

"나일."

책상 위에 쌓인 다음 번 서류 뭉치를 넘기며 교장 선생님이 나를 불렀다.

나는 교장 선생님을 향해 돌아섰다.

"할머니와 너, 훌륭한 일을 한 거야."

19

이제 뒷방 어디에나 에즈라의 표시가 있었다. 학교 프로젝트, 지도, 그림 들.

좀 더 건강해졌다고 느낄수록 에즈라는 방을 더 많이 차지했다. 방을 완전히 독점한 탓에 깨끗하게 정돈된 간이침대를 빼고는 아주머니의 흔적이 드러나지 않았다. 할아버지의 흔적도.

교장 선생님 말이 맞았다. 에즈라는 실제로 학교 수업을 그리 많이 빼먹은 게 아니었다. 에즈라는 수업 진도를 금방 따라잡았다.

에즈라와 같이 앉아 숙제를 하다 보면 가끔 집중이 되지 않았다. 공책에서 눈을 떼고 에즈라의 다리, 눈, 머리카락을 쳐다보게 되었다. 에즈라는 책상다리를 하고 바닥에 앉아 역사 과제를 읽거나, 수학책의 딱딱한 표지나 빈 쿠키 깡통을 드럼 치듯 연필로 두드렸다. 나는 에즈라한테서 눈을 뗄 수가 없었다.

나는 에즈라가 다른 사람들과 다를 바 없는 정상적이고, 건강하고, 평범한 열다섯 살짜리 남자애라고 믿기 시작했다. 어느 늦은 오후, 소방서 사이렌이 갑자기 울릴 때까지 말이다.

소방서에서 울리는 날카로운 사이렌 소리는 우리 집 벽을 거의 뚫고 들어오지 못했다. 하지만 에즈라의 몸은 꽁꽁 굳어 버렸다. 연필을 쥔 손가락 마디가 하얗게 되었다. 결국 연필이 툭 부러졌다.

"창문 닫아! 빨리 창문 닫으라고."

에즈라가 소리쳤다.

"괜찮아, 에즈라. 어디 굴뚝에서 불길이 올라온 걸 거야. 이맘때면 자주 그래."

"알 수 없잖아. 어서 커튼 치란 말이야!"

에즈라가 고집을 부렸다.

나는 일어나 에즈라가 원하는 대로 했다.

에즈라는 내 눈 바로 앞에서 움츠러들었다. 창문에서 제일 먼 방구석으로 가 줄무늬 벽지에 등을 꼭 기댔다.

어쩌면 또 다른 방사능 유출 사고일 수도 있다. 사이렌은 계속 울리면서 작아지고 멈췄다가 또다시 시작되었다.

하지만 마지막 사이렌이 사라지며 정적이 계속되었다. 곧 소방차 한 대가 큰길을 따라 빠르게 지나갔다.

우스꽝스러운 기분과 함께 안도감이 들었다. 불, 단지 불이었다.

집이 타는 걸 보는 사람들에게는 끔찍한 일이겠지만, 또 다른 원전 사고보다는 훨씬 나았다.

오후는 조용히 지나갔다. 만약 진짜 방사능 유출이 있었다면 사이렌이 멈추지 않았을 것이다. 그건 나도 알고, 에즈라도 알았다.

"나일?"

에즈라가 말했다.

"응?"

"고마워."

"뭘?"

에즈라는 날 빤히 바라보았다.

"내가 바보 같다고 생각할 거야."

"아니야. 그렇지 않아."

"어쨌든, 난 바보야."

일어나 커튼을 열며 에즈라가 말했다.

"뭐, 네가 그렇게 생각한다면."

"넌 꽤 괜찮은 애야, 나일. 양치기 소녀치곤 말이야."

"양들한테 뭐 쌓인 게 있니?"

공책에서 꺼낸 종이 한 장을 구겨 쓰레기통에 던져 넣으며 물었다.

"수동적이란 걸 빼곤 없어. 이끌어 가진 않고, 따르기만 하잖아."

"양치기들에겐 그게 다행이라고."

나는 자세를 바꿔 에즈라 침대에 등을 기댔다.

"이젠 양들처럼 살고 싶지 않아."

나는 연필 끝에 달린 지우개를 깨물고 있는 강아지를 쓰다듬었다. 어떻게 양 치는 이야기에서 양처럼 사는 이야기로 진행되었을까? 가끔 에즈라의 생각을 따라잡기 힘들었다.

"정부가 우리를, 수백만 명이나 되는 우리를 집에서 몰아냈어. 언젠가 사고가 있을 거라는 걸 알고 있었던 거야. 만약 그런 일을 예상하지 못했다면 사고가 일어났을 때 어떻게 대처할지 그렇게 정교한 계획을 세워 놓지 않았을 거라고. 게다가 사고가 얼마나 끔찍할지도 알고 있었어. 정말 그랬다고 생각해. 그런데도 원자력발전을 멈추지 않았어. 그리고 우리도 정부가 맘대로 하도록 가만있었지. 양떼처럼 말이야. 더 이상 양처럼 살고 싶지 않아. 내 삶을 내가 이끌어 가고 싶어. 정부에 의존하지 않고. 너나 네 할머니처럼 말이야."

"우리도 다른 사람들처럼 세상에 의존하고 있어, 에즈라. 우린 모두 같은 공기를 들이마시고 있고."

"아니야, 넌 그렇게 의존적이지 않아. 정부가 너를 그렇게 믿게 세뇌시켰을 뿐이야."

에즈라가 주장했다.

에즈라는 잘못 알고 있었다. 해스킨스 선생님은 원전 사고가 우리 모두에게 영향을 끼친다고 했다. 선생님이 맞았다. 장 보는 방식이나, 먹는 방식, 일하는 방식 등 많은 것이 변했다. 세상에 대한 생각도 변했다. 더 이상 미래에 대한 확신이 없었다. 눈먼 믿음은 더욱 없었다. 모두 쿡셔에서 일어난 원전 사고 때문에 그렇게 되었다.

세상 어느 누구도 다른 사람들로부터 단절되어 있지 않다. 먹는 물로, 숨 쉬는 공기로 우리는 모두 연결되어 있다. 쿡셔 사고로 누출된 방사능은 대기권까지 올라가 전 세계의 방사능 수치를 높였다. 방사능은 바람을 타고 세계를 반 바퀴 돌아 논밭을 오염시키고, 들판을 시들게 하고, 아기들이 낮잠 자는 야외의 공기에 독성을 뿌렸다.

계속 생각하니 사고로 생긴 여러 변화 때문에 배 속이 뒤틀리는 것 같았다. 하지만 괜찮은 일도 있었다. 바로 여기 뒷방에서 좋은 일들이 생기고 있었다.

내 삶에 생긴 모든 변화 중에서 이게 가장 중요했다.

20

크리스마스가 지나갔다. 고모와 고모부에게 전화하려고 했지만 신호가 가질 않았다. 전화선은 크리스마스 내내 마비되어 있었다.

우린 크리스마스에 대해 특별히 신경 쓰지 않았다. 할머니와 나는 한 번도 크리스마스를 축하하느라 법석을 떤 적이 없다. 올해에는 특히 더 그랬다. 트렌트 아주머니와 에즈라가 잃은 것을 생각하면 크게 축하하는 게 옳은 일 같지 않았다. 게다가 아주머니는 크리스마스를 특별히 기념하지도 않았다.

크리스마스 다음 날, 나는 추위 때문에 얼굴이 따가워지는 걸 막으려고 털모자를 귀 밑까지 푹 눌러쓰고는 무거운 장화를 신고 들판을 건너갔다. 하루가 다르게 자라던 강아지는 내 옆에서 굴러가듯 따라왔다. 캐일럽도 반대쪽에서 껑충껑충 뛰며 따라왔다.

칼바람 속에서 큰길 건너에 있는 평지까지 첫 번째 세 곳의 방목지를 둘러보았다. 그날은 바람 때문에 체감온도가 거의 영하 40도까지 내려가 피부와 눈이 아렸다.

먼시네 집에서 길 반대쪽, 리플리네 소유지 위쪽에 있는 끝 쪽 방목지는 언덕 아주 높은 곳에 펼쳐져 있었다.

끝 쪽 방목지까지는 흙길을 따라 한참 올라갈 수도 있고, 리플리네 숲을 가로지르는 지름길을 따라 올라갈 수도 있었다. 숲은 칼바람으로부터 내 몸을 조금은 보호해 주었다.

추위 때문에 눈을 깜박일 때마다 눈물 주름이 생겼다. 콧속 작은 털들도 서리 때문에 딱딱하게 굳었다. 내 곁에서 행복한 듯 걸어가고 있는 강아지와 캐일럽은 두꺼운 털 때문에 추위를 타지 않았다. 하지만 난 몸이 떨리는 걸 참을 수가 없었다. 결국은 지름길을 택하기로 결심했다.

캐일럽은 리플리네 숲이 시작되는 곳 앞에서 머뭇거렸다.

"타이러스 냄새가 나니? 응?"

리플리네 가족은 절대 쓰레기를 내다 치우지 않았다. 쓰레기를 숲에다 던져 버리고 낡은 차, 음식물, 망가진 가전제품 들이 나무 사이에서 썩도록 내버려 두었다. 자기네 집 근처가 어떻게 보일지, 쓰레기들 때문에 어떤 해충들이 생길지 관심조차 없었다. 어디다 정화조의 똥오줌을 비우는지조차 신경 쓰지 않았다.

끝 쪽 방목지를 향해 4분의 3 정도 올라갔을 때 에즈라의 강아지가 갑자기 멈춰 섰다. 뚱뚱한 엉덩이를 바닥에 대고 꿈쩍하지 않았다.

"이리 와, 얘야. 멈출 시간이 없어. 어서 가자."

내가 재촉했다.

바로 그때 비쩍 마르고 하얀 형체가 휙 하고 지나가며 나뭇잎을 흔들었다.

강아지가 벌떡 일어나 짖어 댔다. 다람쥐 한 마리가 나뭇잎이 다 떨어진 단풍나무로 재빨리 뛰어 올라갔다가 약을 올리듯 가장자리를 따라 다시 내려왔다.

강아지는 미칠 듯 흥분했다. 강아지가 짖어 대는 소리가 겨울 정적을 깨트렸다.

"쉿!"

하지만 이미 늦었다.

리플리가 바깥에 나와 있었나 보다. 눈 쌓인 곳을 가로질러 리플리가 우리 쪽으로 쿵쿵거리며 걸어왔다. 강아지는 다가오는 리플리를 향해 열심히 짖어 댔고 캐일럽은 내 발치에 앉아 낮게 으르렁거렸다.

"여기서 뭘 하고 있는 거야?"

리플리는 사냥총을 어깨에 메고 있었다.

"사냥철은 끝나지 않았니?"

리플리가 더 가까이 다가오자 강아지는 꼬리 흔드는 것을 멈추었다. 타이러스가 어디 있는지 모르겠지만 처음으로 그 개가 안 보인다는 게 기뻤다. 정말이지 개가 싸우는 꼴은 보고 싶지 않았다. 타이러스의 전력을 생각하면 아마도 방랑벽이 도졌을 것이다. 우리가 이야기하는 순간에도 어쩌면 타이러스가 사슴을 죽이고 있을지 모른다.

"끝 쪽 방목지에 가는 중이었어."

"흠, 그럼 계속 걸어가서 거기 도착할 때까지 멈추지 말라고."

두 번 다시 들을 필요가 없었다. 나는 급히 숲 속을 지나 개들을 리플리네 소유지에서 벗어나게 했다.

양들에게 먹이를 주고, 소금 통을 채우는 동안 내가 손을 떨고 있는 걸 깨닫고 깜짝 놀랐다. 건초를 나눠 주는 동안 양들은 나를 머리로 들이밀었다. 나는 힘없는 양은 없는지 살펴보고, 똥들을 검사했다. 아무 문제도 없어 보였다. 입김을 내며 만족스럽게 건초를 씹어 먹는 암양들 등에서 얼음과 눈이 햇살에 반짝였다.

갑자기 에즈라의 강아지가 리플리네 숲과 가까운 울타리 쪽으로 껑충껑충 달려갔다. 짖는 소리에는 전에 들어보지 못한 경고가 담겨 있었다. 양들은 건초 먹는 것을 멈추고 방목지 반대쪽 구석 눈 위에 떼 지어 모였다.

리플리가 숲의 경계에 서 있고, 그 옆에는 타이러스가 숨을 헐떡이고 있었다.

반대편에서는 먼시가 나일론으로 만든 공처럼 두툼하게 차려입고 길을 따라 우리 쪽으로 뒤뚱거리며 다가왔다. 나는 리플리를 무시했다.

"개 짖는 소리를 들었어."

먼시가 말했다.

캐일럽이 꼬리를 흔들며 곧장 먼시에게 갔다.

에즈라만 여기에 있다면 3 대 1일 텐데. 그런 조건이라면 리플리와 쉽게 맞붙을 수 있을 것 같았다.

하지만 에즈라는 밖으로 나오길 두려워하며 집 안에 숨어 있다.

"야, 변종."

리플리가 소리쳤다.

"그만둬, 리플리."

"뭘?"

"애 이름은 먼시라고."

"먼치, 먼치. 자기 콧물을 먹지."

사냥총을 한쪽 팔에 끼고 리플리는 얼음덩이를 뭉쳐 휙 던졌다. 리플리가 나를 겨냥했는지는 모르겠지만, 소금 그릇을 옮기려고 몸을 굽힌 내 뺨에 얼음 뭉치가 명중했다. 눈에서 별이 번쩍하더니 저절로 무릎이 꺾였다.

먼시가 옆에 와 섰다.

"괜찮니, 나일?"

머릿속이 빙빙 돌고 뺨이 따끔거렸다.

"젠장, 리플리!"

내가 소리쳤다.

"벌써 사라졌어. 네가 쓰러지자마자 달아났어."

먼시가 내 얼굴을 살펴봤다.

“리플리가 제대로 한 방 먹였네.”

“괜찮아질 거야.”

내가 먼시를 어깨로 밀치며 말했다.

“있잖아, 나일. 날 변호해 준 건 고마워. 하지만 내 싸움을 네가 대신해 주지 않아도 돼. 난 리플리에게 신경 쓰지 않아. 내게 중요한 사람이라야 나한테 상처 줄 수 있거든.”

먼시가 캐일럽 머리에 손을 얹고 말했다.

먼시는 한쪽 무릎을 땅에 대고 강아지 털을 엉클어뜨렸다. 강아지가 뒷발로 서자 먼시보다 더 컸다. 장갑 낀 손으로 강아지 코를 문질러 대며 먼시가 말했다.

“내가 널 제대로 만날 때도 되었어. 여기저기서 너를 봤지만 아직 정식으로 인사한 적은 없지. 그렇지, 얘야?”

먼시가 양손으로 강아지를 마구 쓰다듬었다. 강아지는 좋아서 온몸을 흔들어 댔다.

“언제 데려왔니?”

나를 올려다보며 먼시가 물었다.

“두 주 전에. 좀 이른 선물로 데려왔어.”

누구를 위한 선물이라고는 말하지 않았다.

“이름이 뭔데?”

“아직 없어.”

먼시는 놀란 듯했다, 하지만 강아지가 계속 주위에서 꼼지락거려 먼시는 더 물어보지 못했다.

잠시 후 추위 때문에 먼시가 심하게 떨기 시작했다. 온몸을 덜덜 떨었다.

두 팔로 자기 몸을 감싸며 먼시가 말했다.

"들어가야겠어. 여긴 엄청 춥다."

나는 고개를 끄덕였다. 먼시가 돌아가는 동안 나는 장갑 낀 손가락으로 코끝을 꼭 쥐었다.

강아지를 다시 앞쪽 방목지로 데리고 와 둘째 밤을 집 밖에서 보내도록 양들과 함께 들여보냈다. 울타리 문을 닫자 강아지는 곧바로 양떼 중앙의 따듯한 곳으로 갔고, 양들은 강아지를 가운데 두고 바짝 둘러섰다.

"반쯤 얼은 것 같구나."

캐일럽과 함께 쓰러질 듯 부엌으로 들어서자 할머니가 말했다.

난 창밖으로 집 한쪽 벽에 걸어 놓은 온도계를 바라보았다.

"영하 20도! 게다가 바람이 불 땐 훨씬 더 추워요."

"밖에선 별일 없었니?"

커다란 화로 냄비에서 끓일 하얀 소스에다 말린 파슬리를 넣고 저으며 할머니가 물었다.

"양들은 잘 있어요."

할머니의 등이 냄비를 가렸다. 할머니는 냄비를 젓는 동안 한 번도 뒤를 돌아보지 않았다. 하얀 소스는 한번 젓기 시작하면 멈출 수 없었다.

"나일?"

할머니가 속삭임보다 조금 큰 목소리로 말했다.

"예?"

나는 할머니 쪽으로 몸을 기울였다. 부엌 의자에서 삐걱거리는 소리가 났다.

"에즈라는 날마다 조금씩 더 나아지고 있단다."

가슴이 떨렸다.

"이제 떠나는 건가요? 그렇죠?"

할머니가 나를 날카로운 눈으로 바라보았다.

"아니, 아직은 떠나지 않아. 방문 간호사가 왔다 갔단다. 간호사 말로는 에즈라가 집 밖으로 나갈 준비가 되었대."

"에즈라가 어떻게 생각하는지는 물어봤나요?"

"에즈라는 피부에 햇볕도 쬐어야 하고, 바깥에 위험한 것이 없다는 사실도 깨달아야 한단다. 간호사는 에즈라가 마스크를 써도 괜찮다고 했어."

부엌으로, 내 방으로 그렇게 집 안에서 돌아다니는 것만으로도 에즈라가 얼마나 건강해졌는지 생각했다. 에즈라는 정말 밖으로 나갈 준비가 되어 있었다.

"할머니 말씀이 맞아요."

"그래."

"강아지를 다시 볼 기회가 될 거예요."

"에즈라는 언제쯤 강아지 이름을 짓겠다니?"

나는 어깨를 으쓱했다. 배 속에서 꼬르륵거리는 소리가 났다.

"화로 위에 있는 우유가 따듯할 거야. 머그잔에 따르고 당밀을 조금 넣으렴."

머그잔에 담긴 우유에다 거뭇하고 끈끈한 시럽을 넣고 저었다. 그러고는 탁해진 액체를 입에 넣고 혀로 빙빙 돌렸다. 한 모금 한 모금 천천히 마시며 나는 소박하고 아늑한 안락을 즐겼다.

어떻게 에즈라를 집 밖으로 나오게 설득할 수 있을까 생각했다. 오늘 양들 등에서 눈과 얼음이 햇빛에 반짝이던 걸 이야기해 주면 될까? 그걸 창문 밖으로 볼 수는 없을 것이다.

아니면, 꼬치꼬치 캐묻던 양치기를 실제로 해 보라고 할 수도 있을 것이다. 몇 주씩이나 내게 질문들을 퍼붓고 나서도 에즈라의 흥미는 전혀 줄어들지 않았다.

어쩌면 자기 강아지를 볼 수 있는 유일한 방법이라고 말하기만 해도 될 것이다.

"할머니, 제가 내일 에즈라를 데리고 나가 볼게요."

"너무 오래 나가 있지는 말거라. 아직 에즈라가 다 낫지 않았다는 걸 명심해."

"제가 조절할 수 있을 거예요."

"됐다, 그럼. 네가 그러는 걸 보자꾸나, 나일."

할머니는 이제 하얀 소스를 넣어 걸쭉해지고 있는 냄비 속 음식을 파란색 에나멜 숟가락으로 저었다.

"좀 도와줄래? 잠깐 이 소스 좀 보고 있으렴."

할머니는 부엌을 가로질러 복도로 나갔다.

나는 화로 옆에 서서 할머니가 화장실 문을 닫을 때까지 숟가락으로 냄비 안을 빙빙 저었다. 그리고 팔을 뻗어 냉장고 문을 열었다.

크리스마스 때 먹던 호박 파이가 반쯤 남아 있었다. 나는 몇 초마다 한 번씩 소스를 저으며 접시를 잡아당겨 파이 껍질을 부러뜨렸다. 파이 껍질을 씹으며 손가락으로 파이 속에 든 오렌지색 호박 크림을 퍼 입안에 쏙 넣었다.

손으로 뜯어 먹은 걸 할머니가 눈치채지 못하도록 나는 파이 가장자리를 조심스레 매만졌다. 그러고는 할머니가 나오기 전에 접시를 다시 냉장고 안으로 밀어 넣었다. 할머니가 부엌에 들어왔을 때 나는 입안에 있던 파이를 꿀꺽 삼키고 있었다.

할머니가 킁킁 냄새를 맡았다.

"너 파이 먹었니?"

나는 고개를 숙여 발을 내려다보았다. 할머니가 어떻게 알았을까?

할머니는 조리대와 식탁을 둘러보았다. 포크도, 접시도 보이지 않았다.

"그것도 손가락으로?"

나는 청바지 뒤에다 파이를 파먹던 손가락을 문질렀다.

할머니가 낡은 냉장고 문을 열었다. 바닥을 따라 찬 공기가 퍼졌다.

"나일 솜너! 네가 파이를 어떻게 만들었는지 한번 보렴."

할머니가 얼굴을 찡그리며 말했다.

나는 혀에 남아 있는 호박 크림 맛을 생각하며 입맛을 다셨다.

21

할머니의 엉덩이가 내 방 작은 벽장 입구에 꽉 들어찼다.

"뭘 찾으세요, 할머니?"

벽장 안에서 할머니가 뭐라고 중얼거렸다.

벽장 안 좁은 공간에다 할머니는 낡은 램프며 파라핀 오일, 찌그러진 냄비 같은 것들을 보관했다.

"안 들려요."

내가 소리치자, 할머니도 목소리를 높였다.

"할아버지 겨울옷들을 찾고 있단다. 오늘 아침에 널 따라다니며 목장 일을 하려면 에즈라도 따듯한 옷과 장화가 필요할 거다."

할머니가 할아버지의 겨울옷을 보관해 왔을 거라곤 생각하지 못했다.

"할아버지 옷들은 에즈라한테 맞지 않을 거예요."

"잘 맞을 거야. 여태껏 그랬는걸."

에즈라가 할아버지 옷을 입는 게 싫다고 솔직히 말할 수 없었다. 나는 아직도 뒷방의 저주가 두려웠다. 어쩌면 할아버지의 겨울옷을 입는 게 다시 불운을 가져오지나 않을까 걱정되었다. 에즈라에게 무슨 일이 생긴다면 이제 견딜 수 없을 것 같다.

"나한테도 에즈라가 입을 만한 옷이 있어요."

할머니는 먼지 쌓이고 반쯤 찌그러진 종이 박스 하나를 팔에 안고 좁은 벽장 입구에서 뒷걸음질 해 나왔다.

"네 옷들이 트렌트 아주머니에게 맞을지는 몰라도, 에즈라한테는 절대 맞지 않을 거다."

할머니는 박스를 내려놓고 옷에다 손을 문질렀다. 먼지가 녹지 않은 눈송이들처럼 할머니의 머리 위에 내려앉아 있었다.

"에즈라를 데리고 나가는 게 걱정되니, 나일?"

나는 머리카락을 뒤로 넘겼다.

"에즈라가 건강해지면 좋겠어요……."

부엌에서 발자국 소리가 들렸다. 에즈라가 밑에서 소리쳤다.

"나일?"

"금방 내려갈게."

잠시 침묵이 흐른 뒤에 에즈라가 다시 불렀다.

"나일, 생각해 봤는데……."

"곧 내려간다니까!"

나는 할머니한테 다가가서 박스 여는 걸 지켜보았다.

"에즈라가 두려워하는 것만큼은 두렵지 않아요."

좀약 냄새와 오래된 양털 냄새가 콧속을 간지럽게 해서 재채기가 나왔다.

할머니는 누렇게 된 신문지를 꺼내 쥐가 똥을 심하게 싼 곳들을 문질러 없앤 뒤 박스를 내게 넘겨주었다.

"여기서 원하는 것을 고르라고 하렴. 입기 전에 탁탁 잘 털라고 말하는 것 잊지 말고."

나는 상자를 들고 계단을 내려가 부엌으로 들어갔다. 에즈라가 주먹을 꽉 쥔 채 등을 현관문에 기대고 있었다. 에즈라는 얼굴에 쓴 마스크를 손으로 잡았다.

"나일, 나……."

나는 에즈라의 말을 끊었다.

"이 상자에서 따듯한 옷들을 찾을 수 있을 거라고 할머니가 그러셨어. 어제처럼 춥지는 않지만 따듯한 옷들이 있어서 다행이라고 생각할 거야."

나는 외투를 휙 걸쳤다. 에즈라는 나를 쳐다보더니 무슨 말을 꺼내려다 이를 악물었다. 에즈라는 퀴퀴한 냄새가 나고 젖은 자국이 있는 박스에서 옷을 꺼내 모자엔 모자, 장갑엔 장갑, 서둘러 나와 똑같이 차려 입었다.

나는 계단 위 내 방에 대고 소리쳤다.

"나갔다 올게요, 할머니. 나가자, 에즈라. 이리 와, 캐일럽. 강아지가 어제 어떻게 지냈는지 가 보자."

트렌트 아주머니가 복도에 서서 에즈라가 뒷방으로 도망칠 수 있는 길을 막고 있었다. 아주머니는 에즈라에게 모자를 귀 밑까지 푹 눌러쓰라고 손짓했다. 에즈라는 아주머니를 노려보았다.

부엌문을 열고 바깥으로 나갔다. 에즈라가 주저할 것이라 예상했지만 곧바로 따라 나왔다. 에즈라는 찬바람과 마주치자 놀라 숨을 깊이 들이쉬었고, 마스크가 안쪽으로 쭈그러들었다.

됐다. 이제 에즈라가 밖으로 나왔다. 나는 추운 날씨 때문에 리플리와 먼시가 집 안에 머물러 있기를 바랐다. 아무것도 그 애들에게 설명할 필요가 없게 되기를. 추위 탓에 얼굴이 당겼다.

"방사능 측정기는 가지고 있니?"

긴장된 얼굴로 에즈라가 물었다. 나는 측정기를 에즈라에게 건네주었다.

"네가 들고 가. 하지만 안전해, 에즈라. 약속할게. 여기는 오염에서 깨끗해. 원한다면 마스크를 벗고 다녀도 괜찮아."

강아지가 앞쪽 방목지에서 꼬리를 흔들며 왔다 갔다 하다가 한 번 크게 짖었다. 강아지는 조금도 추위를 타지 않았다.

에즈라는 방사능 측정기로 앞과 옆을 검사하며 언제든 번개같이 집으로 되돌아갈 준비를 했다. 긴장 때문에 숨을 가쁘게 쉬느라 에즈라의 마스크가 펄럭거렸다. 하지만 방사능 측정기는 안전하다는 신호음을 냈다.

"가자, 에즈라. 양들을 돌봐야지."

에즈라가 너무 바짝 좇아와 가끔 외투가 서로 스치고, 한번은 장화 뒤를 밟는 바람에 내가 넘어졌다.

"미안."

에즈라가 마스크 사이로 웅얼거렸다.

얼음장처럼 차가운 공기 속에서 에즈라는 나와 보조를 맞추느라 애를 먹었다. 나는 먼시와 함께 다닐 때처럼 걸음 속도를 줄였다. 오랫동안 밖에 나와 보지 못했으니 에즈라가 빨리 걷지 못하는 것도 당연했다.

우리는 강아지를 내놓으러 먼저 앞쪽 방목지로 향했다. 내가 임시 울타리의 쐐기를 벌리자 무릎 정도 오는 강아지가 신 나게 짖으며 에즈라에게 뛰어올랐다. 강아지는 작고 하얀 산처럼 에즈라 발치에 주저앉으며 기뻐서 낑낑거렸다.

에즈라와 강아지가 다시 만나는 광경을 보니 마음이 아련했다. 결국 저 강아지가 에즈라를 바깥에 나오게 만든 것이다.

양들은 마치 털실로 만든 거대한 공처럼 눈 위에 빽빽이 모여 서 있었다.

"암양들이야."

"안 양? 양과 안 양같이?"

에즈라가 물었다.

나는 웃음을 꾹 참았다.

"암양은 여자 양이란 뜻이야. 기억나?"

에즈라의 눈엔 장난기가 가득했다. 에즈라가 억센 양털을 자세히 살펴보았다. 그리고 숨을 좀 더 깊이 들이마셨다.

"양들한테서 따듯하고 기름기 많은 냄새가 나는 것 같아."

"그건 털에 있는 라놀린 냄새야."

"얘들도 춥니?"

"저런 외투를 입고 있다면 넌 춥겠니?"

"조금, 어쩌면."

"양들도 바로 그렇게 느껴."

"예전에 생각하곤 했어. 항상 야외에서 사는 삶이 어떨지에 대해서. 그 일이 있기 전에……."

에즈라는 몸을 떨며 어깨를 안쪽으로 움츠렸다. 마스크가 펄럭거렸다.

"이 아가씨 양들이 배고프대, 에즈라."

내가 부드럽게 말했다.

"그럼 먹이를 줘. 그게 네가 할 일이 아니니?"

에즈라가 지치고 짜증 난 듯 말했다.

"건초가 다 떨어졌어. 헛간으로 돌아가서 트럭에 실어야 해."

에즈라의 눈이 반짝 빛났다.

"우리가 트럭을 운전하는 거니?"

나는 에즈라의 손을 잡고 집과 헛간을 지나 할아버지의 낡은 포드 트럭이 서 있는 트랙터 보관 창고로 갔다.

에즈라는 기둥 사이에 세워져 있는 기계들을 신기한 듯 보면서 걸어갔다.

"이런 것들에 대해 이야기해 준 적 없잖아?"

창고는 에즈라의 방 창문 바로 밖에 있었다.

"물어본 적도 없잖아."

"우와!"

에즈라는 반짝거리는 철제 범퍼 위에 장갑 낀 손을 올려놓고 트랙터를 만져 보느라 방사능 측정기를 내려놓았다. 그러고는 딱딱하고 검은 좌석들을 툭툭 쳤다.

"운전할 줄 아니?"

내가 물었다.

에즈라의 눈이 신 나서 춤을 추었다.

"이런 것들을 운전하는 거니?"

"처음이니까 트럭은 운전할 수 있을 거야. 길옆에 처박지 않겠다고 약속한다면 말이야. 내가 건초를 실을게."

나는 트럭을 뒤로 움직여 헛간 안으로 들어가서 녹슨 뒷문을 묶고 있는 밧줄을 풀었다.

에즈라는 제일 가까이에 있는 건초 더미로 걸어가기 시작했다.

"그것 말고. 그건 첫 번째 벤 건초야."

내가 에즈라를 불러 세웠다. 나는 헛간 뒤쪽에 푸른빛이 돌며 산더미처럼 쌓여 있는 건초 더미를 가리켰다.

"오늘은 두 번째 벤 건초를 쓸 거야."

에즈라는 낑낑거리며 건초 싣는 일을 도왔다. 마스크가 목 근처까지 흘러내렸는데도 알아채지 못했다. 에즈라는 잠시 방사능 걱정을 잊어버린 것 같았다. 기운이 거의 다 떨어졌지만 에즈라는 내 옆에서 열심히 일했다. 내가 건초 더미 네 개를 옮길 때 에즈라는 겨우 한 개를 옮겼다.

트럭이 꽉 차자 에즈라는 쪼그리고 앉아 숨을 고르려 했다. 에즈라는 강아지의 커다란 머리에 코를 비벼 댔다.

"얘도 우리와 함께 트럭을 타고 갈 수 있니?"

"아니, 트럭엔 탈 수 없어. 짐칸은 건초 더미로 가득 차 있고, 앞좌석에 앉기에는 너무 크거든. 캐일럽과 함께 따라올 거야. 알았지?"

"알았어."

에즈라가 동의했다.

"됐어, 그럼. 어떻게 하는지 볼 수 있게 내가 먼저 운전할까?"

에즈라는 잠시 주저했다. 에즈라는 몹시 운전대에 앉고 싶어 했다.

"올라 타."

내가 명령했다.

나는 낡은 픽업트럭의 연료판을 조절했다. 클러치와 브레이크를 밟고 시동 키를 돌렸다. 엔진이 한 번 끼깅거리더니 곧 시동이 꺼졌다. 연료판을 조금 더 잡아 뺀 뒤 다시 시동을 걸었다. 이번엔 엔진이 돌기 시작했을 때 기름을 조금 더 들어가게 했고, 그러자 큰 소리를 내며 트럭에 시동이 걸렸다. 나는 에즈라를 향해 재빨리 엄지손가락을 들어 올렸다. 에즈라도 엄지손가락을 들어 올렸다. 강아지가 짖으며 뒷걸음질을 쳤다. 하지만 캐일럽은 앞에서 침착하게 걸어갔다. 캐일럽은 순서를 알고 있었다.

"자, 됐어. 저기서부터 시작할 거야."

난 시끄러운 트럭 소음 속에서 소리치며 손가락으로 앞쪽 방목지를 가리켰다.

에즈라는 지쳐서 조수석에 앉아 있었다. 쉴 수 있어서 다행이라고 생각하는 것 같았다. 순간 할아버지 침대에 누워 있던, 삶과 죽음의 경계에서 길을 잃었던 남자애의 모습이 보였다. 난 트럭 조수석에 머리를 기댄 유령을 보았다. 하지만 그 유령은 곧 사라졌다.

에즈라는 내가 1단 기어에서 2단 기어로 바꾸는 걸 지켜보느라 내 손과 발에서 눈을 떼지 않았다. 나는 픽업트럭을 앞쪽 방목지 밖에다 주차해 놓고 건초를 내리기 시작했다. 에즈라는 짐을 옮기기엔 이미 너무 지쳐 있어서 트럭 앞에 서서 내가 일하는 걸 지켜봤다.

나는 에즈라에게 방목지 안으로 들어오라고 손짓했다.

에즈라는 뒷걸음질을 쳤다. 놀란 표정이 얼굴을 스쳐 지나갔다. 에즈라는 양들이 있는 곳에 들어오는 게 겁나는 것이다.

"물지 않아. 알지?"

약간 구슬리자 에즈라가 결국 방목지 안으로 들어왔다. 양들이 흩어지며 뒤섞여 반대편 울타리 쪽으로 갔다.

강아지는 에즈라를 경배하듯 바라보며 옆을 지키고 있었다. 강아지는 반짝이고 하얀 눈 위에서 꼬리를 흔들었다.

건초를 다 나누어 주고, 소금 통을 채우고, 방목지에 문제가 없다는 걸 확인한 후 나는 다시 트럭으로 향했다.

"자, 에즈라. 다음 배달을 할 시간이야. 운전할 준비 됐니?"

에즈라가 손가락으로 자기를 가리켰다.

"지금 말이야?"

"응."

에즈라는 운전석에 올라탔다. 나는 각각의 페달과 손잡이가 어떤 일을 하는지 알려 주었다.

"클러치를 밀어 넣고 브레이크를 꾹 밟은 다음 시동을 걸어. 엔진이 돌기 시작하면, 브레이크는 약하게 누르고, 클러치는 놔. 그리고 기름이 조금 더 들어가게 해 줘. 엔진이 멈출 것 같으면 안정될 때까지 클러치를 다시 밀어 넣어. 알겠니?"

에즈라는 손잡이와 페달들을 좀 더 살펴봤다. 그리고 클러치를 밀어 넣고 키를 돌렸다. 한 번에 시동이 걸리고 그대로 꺼지지 않았다. 에즈라는 턱이 빠질 정도로 활짝 웃었다.

나는 강아지를 데리고 앞장서서 걸어가며 목장을 점검했다. 에즈라가 트럭을 운전하며 뒤에서 천천히 따라왔다. 부드럽진 않았지만 그래도 잘 몰았다. 엔진도 네다섯 번 정도밖에 꺼트리지 않았다.

우리는 방목지 네 곳에 있는 양들 모두에게 먹이를 주었다. 죽음의 침대에서 일어난 지 아직 채 한 달이 안 된 에즈라는 많이 지쳤지만, 처음으로 아주 행복해 보였다.

아침이 끝날 무렵 에즈라는 다시 창고로 가 트럭을 주차시켰다.

강아지는 에즈라에게 몸을 기댔고, 에즈라는 두꺼운 하얀 털을 손으로 쓰다듬어 헝클어트렸다.

"언제쯤 강아지한테 이름을 지어 줄 거니?"

에즈라가 몸을 굽히자, 마구 얼굴을 핥느라 강아지가 에즈라 모자를 쳐서 떨어트렸다.

"계속 생각하고 있었어."

"그래서?"

"솁…… 이건 어떻게 생각하니?"

에즈라가 처음에 나한테 부른 별명이었다.

나는 고개를 끄덕였다.

"완벽해."

"솁! 이리와, 솁!"

에즈라가 이름을 불러 보았다.

강아지가 에즈라한테 뛰어올랐다.

에즈라가 웃음을 터뜨렸다.

"봐, 나일. 벌써 자기 이름을 알아."

"뭐라고 불러도 그랬을 거야, 에즈라. 양들 기생충 구제약인 쉽딥이라고 불렀어도 얘가 너한테 왔을 거라고."

에즈라는 셉의 두꺼운 털을 손가락으로 빗겨 주었다. 그리고 자기 얼굴을 셉의 옆구리에 파묻었다.

"착하지, 착한 셉."

에즈라가 말했다.

"에즈라, 나 배고파 죽겠어."

에즈라가 손을 떠는 것과 눈 밑에 검은 그림자가 생긴 것을 보고 내가 말했다.

에즈라가 고개를 끄덕였다.

"나도 배고파."

"먼저 네 멋진 강아지를 앞쪽 방목지에 들여보내야 해. 이리 와, 셉. 가자, 얘야."

강아지를 울타리 안에 들여보내고 문을 닫은 뒤 집을 향해 언덕을 오르기 시작했다. 에즈라는 손을 내밀어 나를 멈춰 세웠다.

"잠깐만, 우리 잠깐 여기 서 있어도 되겠니?"

에즈라가 말했다.

에즈라가 길 한가운데에 섰다. 에즈라는 처음으로 옛 방목지를 굽이굽이 돌아 돌로 만든 울타리가 세워져 있는 것과 자작나무와 단풍

나무 숲이 눈 위에 그림자를 드리우고 있는 것을 보았다. 멀리 있는 산들이 추위 때문에 부드러운 등을 구부리고 있는 것 같았다. 에즈라가 한숨을 내쉬었다.

"이런 곳에서 하이킹을 하곤 했어. 친구들과 함께. 그곳을 이젠 다시 보지 못할 거야. 친구들도 그렇고."

나는 에즈라 쪽으로 몸을 돌려 할아버지 외투의 팔 부분에 잠시 손을 갖다 댄 뒤 다시 내렸다. 에즈라는 내 옆에서 떨고 있었다.

에즈라는 팔로 자신을 감싸 안은 채 실눈을 뜨고 차갑게 보이는 태양을 바라보았다. 바람 때문에 에즈라의 갈색 머리카락이 모자 끝부분으로 휙 날아올랐다. 모자와 바람에 날린 머리카락 때문에 에즈라 눈 위에 있는 흉터가 보이지 않았다. 나는 에즈라를 바라보며 가만있었다. 에즈라를 바라보는데 얼마나 가슴이 떨렸는지…….

"모두 그날 죽었어."

에즈라가 말했다. 조용히.

"아니 모두 죽지 않았어. 넌 살았잖아."

"나도 죽었어."

"그럼 오늘 아침 픽업트럭을 운전한 건 누군데?"

"기억하니? 난 불새잖아, 스스로를 태운 재에서 다시 일어나는."

에즈라가 말했다.

나는 고개를 끄덕였다.

"사람이 죽는 걸 본 적이 없었어."

에즈라가 말했다.

잠시 나는 엄마 얼굴 위로 침대 시트가 덮이던 순간을 기억했다. 할아버지의 관이 땅 밑으로 내려지던 순간도. 할아버지의 딱딱한 뼈가 손수 만든 평범한 소나무 관에 부딪히던 소리도 기억났다.

"사람이 죽는 걸 보는 게 어떤 건지 나도 알아."

하지만 에즈라가 어떤 감정을 느꼈는지 내가 이해했을까?

"내가 왜 아직 살아 있지? 수백 명의 사람들이 죽었는데, 난 어떻게 살아 있는 거지?"

에즈라가 물었다.

"에즈라……."

"아빠가 원전을 관리하셨어. 알고 있었니? 우린 원전 덕분에 모든 걸 가질 수 있었어. 아주 잘살았어. 돈도 많고, 가진 것도 많고. 그것들이 이젠 어디에 있니?"

에즈라가 빈정거리듯 거칠게 웃었다.

나는 언덕 너머를 바라봤다. 매 한 마리가 머리 위 높은 곳에서 빙빙 돌고 있었다. 숲에서 무엇인가 죽어 가고 있었다. 매가 커다란 원을 천천히 그리며 그것이 죽을 때를 기다리고 있었다.

"아빠가 원자력발전소에서 일하시는 게 싫었어. 그것 때문에 싸우기도 했지. 아빠는 '직장일 뿐이야, 에즈라. 거기서 일하지 않고 어떻게 너와 엄마를 책임질 수 있겠니?' 하고 말씀하셨지만, 아빠에게 발전소는 직장 이상이었어. 하던 일을 굳게 믿으셨어. 원전을 관리할 수 있다고 믿으셨고, 원전에서 일하는 사람들도 관리할 수 있다고 믿으셨지. 절대로 사고가 일어나지 않을 거라고 확신하셨어."

나는 짓밟힌 눈을 내려다보았다. 무슨 말을 해야 할지, 어떻게 해야 할지 몰랐다.

추위 때문에 에즈라가 이를 딱딱 부딪쳤다.

"아빠에게 말했어. 만약 뭐라도 잘못된다면, 만약 사고라도 생긴다면, 그건 아빠 잘못이라고. 원자력발전소에서 돈을 받고 핵이 가져올 위험을 받아들였으니까 아빠의 잘못이라고. 나는 절대 정말로 그런……."

에즈라는 손을 들어 떨리는 턱을 가렸다.

"아빠에게 말했어. 만약 조금이라도 잘못된 일이 생긴다면 아빠는 지옥 불에 타는 벌을 받게 될 거라고."

에즈라는 잠시 말을 멈췄다.

"원전 사고가 일어났던 밤, 아빠는…… 아빠는 아주 많은 사람들을 도왔어. 사람들을 발전소 밖으로 피신시키셨지. 아빠는 더 많은 방사능에 노출되면서도 계속 공장 안쪽으로 들어가셨어. 똑바로 서 있지 못할 정도가 된 다음에도, 비틀거리고 토하기까지 하면서도 다시 공장 안으로 돌아가려 하셨지. 내가 그런 말을 하지 않았다면…… 나일, 내가 그런 말을 하지 않았다면…… 아빠도 대피하셨을지 몰라. 그날 당직을 서던 직원들 일부도 빠져나갔거든. 도망갔다고. 아빠도 어쩌면 살 수 있었는데……."

눈 덮인 언덕 너머를 바라보며 나는 가만히 에즈라의 이야기에 귀를 기울였다.

"아빠 침대 옆에 앉아 있었어…… 아빠를 지켜보며. 말하고 싶었어. 꼭 사과하려고……. 피부가 엉망이었어……. 딱지가 지고 부풀어 오르고, 마치 거친 가죽 같았어. 아빠는 아무 말씀도 없으셨지. 나는 기다렸어. 그리고 어느 날 아빠가 말씀하셨어. 내가 아니라 엄마에게. '미리엄, 미리엄.' 아빠가 부르셨어. 그리고 돌아가셨지."

나는 숨을 깊이 들이마셨다. 찬 공기 때문에 목이 아팠다.

"아빠가 발전소 안으로 들어가신 게 남아 있는 사람들에 대한 책임감 때문이라고는 생각 안 해 봤니?"

에즈라는 들판 건너편을 보며 어깨를 으쓱했다.

"에즈라, 아빠가 그날 밤 하신 일들이 네가 한 말과 아무런 연관이 없을 수도 있어."

에즈라는 손으로 눈을 비볐다.

"문제는 무슨 일이 있어도 내가 뱉은 말을 되담지 못한다는 거야. 늘 아빠 탓으로 돌렸지만 나는 원자력발전소에서 번 돈으로 옷을 사 입고, 음식을 사 먹었어. 그 돈으로 편안한 집에서 살았지."

"에즈라……."

"내가 심하게 앓고 있을 때, 아빠를 본 것 같았어. 아빠한테 가까이 가려고 했지. 아빠는 바로 앞에 서 계셨어. 어깨에 손을 올렸는데 아빠 피부가 내 손가락에 뭉그러졌지."

"아, 에즈라!"

나는 에즈라의 팔목을 두 손으로 감싸 쥐고 에즈라의 얼굴을 쳐다보았다. 그리고 천천히, 천천히, 나는 에즈라를 안아 주었다. 에즈라는 내 어깨에다 머리를 갖다 댔다. 나는 장갑을 벗고 에즈라를 어루만져 주었다. 내 손가락이 할아버지 외투 위에서, 에즈라의 등에서 속삭였다.

"잊는 게 제일 힘들어."

내가 말했다.

에즈라는 울고 있었다. 어쩌면 처음으로, 맘껏 울었다.

"넌 정말 불새 같아, 에즈라. 이 모든 혼란에서 일어나서 다시 시작해야 해."

떠나보내고 싶지 않았지만 나는 이제 에즈라가 왜 떠나야 하는지 이해했다.

"불새처럼 일어나, 에즈라. 그리고 멀리 날아가 다시 시작해."

22

에즈라와 나는 집으로 향했다. 에즈라는 고개를 숙이고 있었지만 팔을 뻗어 내 손을 잡았다.

나는 오랫동안 나 자신에게 허락하지 않던 방식으로 에즈라와 연결된 것을 느꼈다. 그리고 그런 게 좋았지만, 정말 좋았지만, 마음 깊숙이 그런 감정의 위험도 의식했다.

에즈라가 우리 집에 왔을 때 대부분의 사람들은 원전 사고를 잊고 살았다. 하지만 에즈라는 나를 원전 사고의 영향에서 벗어나지 못하게 했다. 난 밤낮으로 에즈라가 뒷방에서 죽을까 봐 걱정했다. 오직 내 삶, 내 생활만 생각하려 했지만 에즈라 때문에 세상에 나 말고도 많은 사람들이 더 있다는 것을 알게 되었다. 내 주위 어디에나 에즈라가 있었고, 에즈라 때문에 에즈라 같은 사람들이 보였다.

원전 사고가 일어난 것은 한순간이었지만 수많은 사람들의 삶이 영원히 변했다. 에즈라는 원자력발전소에서 받은 돈으로 살았기 때문에 죄의식을 느꼈다. 하지만 우리는 어떤가? 우리도 마찬가지로 책임이 있지 않은가?

사고가 있던 날 밤, 나는 늦게까지 양들과 함께 있었다. 풀은 무성하고 깨끗했다. 방목지엔 달그림자가 져 있었다. 목장 일은 모두 한참 전에 끝내 놓았다. 그리고 모든 것이 한순간에 변해 버렸다. 나는 모든 게 변했다는 걸 알아채지도 못했다.

원전 사고가 얼마나 엄청난 일인지 알았다면, 얼마나 멀리, 또 깊이 영향을 끼치는지 정말로 이해했다면 사람들은 변화를 위해 무슨 일이라도 했을 것이다. 이런 일이 다시는 일어나지 않도록 당장.

하지만 에즈라가 경험한 것을 스스로 경험하지 않고, 에즈라가 본 것을 스스로 보지 않고 사람들이 어떻게 이해할 수 있을까? 아무도 이해하지 못할 것이다. 에즈라의 아빠는 원자력발전소의 위험을 누구보다도 더 잘 알고 있었는데도 이해하지 못했다.

그리고 이제 알게 된 사람들, 사고에서 생존한 사람들, 그 사람들은 어떤 목소리를 낼 수 있을까? 그 사람들은 충격을 받고 방사성 질병과 싸우며 난민 대피소나 병원, 우리 집 같은 곳에 조용히 숨어 있다. 그 사람들은 집도 돈도 힘도 잃었다. 그 사람들을 위해 누가 목소리를 내어 줄까?

가늘게 피어 올라오는 연기가 집 위에 걸쳐 있었다. 나는 심호흡을 했다. 에즈라는 깜짝 놀라 하늘을 올려다보았다.

"걱정 마. 할머니가 덜 마른 장작을 태우신 거야."

내 손을 감싸고 있는 에즈라의 손이 크고 편안하게 느껴졌다. 우리 사이에 연결점, 서로 속해 있는 느낌이 생긴 것 같았다. 에즈라 쪽으로 몸을 돌렸다.

순간 난 낡은 옷을 입은 할아버지가 서 있는 걸 보았다. 숨이 덜컥 멈췄다. 하지만, 할아버지가 아니었다.

에즈라 트렌트였다. 그리고 에즈라는 살아 있었다. 따듯하고 단단한 에즈라의 몸이 내 옆에서 느껴졌다. 깨끗한 머리 냄새가 났다.

"장작을 한 아름 들고 가야 해."

"나도 도울까?"

나는 이상한 조합으로 외출복을 차려 입은 에즈라를 바라보았다. 에즈라의 코와 뺨은 추위 때문에 불그레했고, 마스크는 턱 아래에 걸쳐져 있었다. 힘이 다 빠져 에즈라의 어깨가 축 처져 있었다.

"할 수 있을 것 같아?"

에즈라가 얼굴을 찡그렸다.

"물론이지."

에즈라는 팔에 장작들을 주워 담기 시작했다.

"에즈라, 몇 개만 가져가면 돼."

에즈라는 내 말을 무시했다.

남자애들이란!

에즈라가 애쓰는 동안 나는 고리에서 장작 수레를 내리고 에즈라보다 거의 두 배나 되는 장작을 실었다.

"그건 반칙이야."

에즈라가 말했다.

둘 다 장작 무게 때문에 비틀거렸다. 툭 튀어나온 수레를 창고에서 마당으로 끌고 나오다 정강이를 세게 부딪쳤다.

부엌문을 열기 위해 몸을 돌렸을 때 곁눈에 사람 모습이 힐끗 보였다. 먼시였다. 먼시가 우리 집 진입로 끝에 서 있었다. 어쩌면 에즈라와 내가 바깥에 있는 것을 보고 무슨 일인가 싶어 보러 왔을 것이다.

나는 먼시를 못 본 척 외면했다. 생각해야 할 게 너무 많았다. 에즈라도 오늘 이미 너무 많은 일을 겪었다. 만약 먼시가 말을 건다면? 먼시와 다투고 싶지 않았다. 우리는 눈길을 마주치지 않았다. 나는 그래도 괜찮을 거라고 생각했다.

하지만 내 생각이 틀렸다.

23

다음 날 아침, 날듯이 언덕을 달려 내려가 겨우 학교 버스를 탈 수 있었다.

먼시는 좌석 위에 가방을 펼쳐 놓고 내가 옆에 앉지 못하게 했다.

나는 버스 뒤쪽으로 갔다.

중학교 1학년인 러디 배리가 버스에 타자, 먼시는 러디를 위해 옆자리를 내주었다. 먼시와 러디는 학교까지 가는 동안 내내 이야기를 하고 있었다.

'놔둬. 그냥 놔둬.'

나는 생각했다. 하지만 그럴 수가 없었다.

"안녕."

나는 먼시와 러디 뒷자리에 슬그머니 앉으며 말했다. 버스가 얼어서 부풀어 올라온 땅을 덜컹거리며 지나갔다.

"안녕, 나일."

뒤를 돌아보며 러디가 말했다. 보통 2학년 학생들은 1학년 아이들에게 말을 걸지 않았다.

먼시는 뒤돌아보지도 않았다. 먼시 어깨가 굳어지는 걸 느낄 수 있었다.

"오후에 큰 폭풍이 몰아칠 거래. 어쩌면 내일은 휴교할지도 몰라."

내가 말했다.

"그래도 실망하지 않을 거야."

러디가 대답했다.

"나도 그래."

내가 다시 말했다.

"무슨 상관이야. 네 기분이 어떨지 누가 신경이라도 쓴대?"

먼시가 쏘아붙였다.

"어쩌면 아무도 신경 안 쓰겠지."

내가 부드럽게 다시 말했다.

"그럼 내 목에다가 입김 뿜어 대지 마. 농담 아니야."

먼시가 말했다.

"그냥 안녕, 하고 인사하고 싶었어."

"자, 됐지? 이제 인사했잖아."

먼시는 작고 푸른 벽처럼 어깨를 동글게 말았다. 불편해하던 러디는 두 좌석쯤 떨어진 곳으로 옮겨 갔다.

나는 몸을 앞으로 기울였다. 버스 좌석에 가로로 길게 뻗어 있는 손잡이에서 쇠 냄새가 났다.

먼시는 몸을 더 움츠렸다.

"먼시, 내 말 좀 들어 봐."

"꼼짝없이 들을 수밖에 없는 상태잖아, 그렇지 않니?"

"그 애 이름은 에즈라야, 에즈라 트렌트. 피난민 중 한 명이야. 에즈라와 그 애 엄마는 원전 사고가 난 뒤에 갈 곳이 없었어. 할머니가 우리와 함께 지내자고 하셨어. 에즈라가 아팠거든. 심하게 말이야. 에즈라 아빠는 방사능에 노출되어 돌아가셨고. 먼시, 실은 나도 돕고 싶었어. 그냥 평범한 아이야. 정말로 여러 번 네가 에즈라를 만나서 확인해 보면 좋겠다고 생각했어. 에즈라가 돌연변이나 그런 게 아니라는 걸 말이야."

나는 윗니로 아랫입술을 꼭 문 다음 한숨을 쉬었다.

"먼시, 넌 내 가장 친한 친구야. 널 잃고 싶지 않아. 하지만 에즈라하고 시간을 보내는 것도 좋아. 에즈라는 괴물도 아니고 다른 사람을 병들게 하지도 않을 거야."

버스가 낑낑대며 언덕을 올라가 학교 앞 원형 진입로에 들어섰다. 그리고 정류장에 시끄러운 소리를 내며 멈추어 섰다.

먼시가 자기 물건을 챙겼다. 나는 버스에서 내린 뒤에 줄에서 벗어나 먼시를 계속 따라갔다.

"나일 솜너, 어떻게 넌 네가 내 가장 친한 친구라고 말할 수 있니? 지금껏 그 아이를 너희 집에 데리고 있으면서 나한테는 한마디도 안 했잖아."

"할 수가 없었어. 네가 에즈라를 두려워했잖아."

아이들이 호기심으로 힐끗 보며 줄지어 우리 앞을 지나갔다.

"난 네가 다른 사람들과 다르다고 생각했어. 난 네가 날 알고 이해한다고 생각했다구. 나를 알았다면, 정말로 알았다면, 그 아이를 비밀로 하진 않았을 거야."

"하지만 너한테 에즈라 같은 사람들을 어떻게 생각하느냐고 물어봤잖아. 넌 그 사람들이 괴물이라고 했어. 널 무섭게 한다고. 그런데 어떻게 너한테 이야기할 수 있었겠니?"

"넌 정직해야 했어. 나한테 결정하게 두어야 했다고."

아이들이 거의 다 버스에서 내려 학교로 들어갔다.

먼시가 말했다.

"만약 네가 설명……."

"그러려고 노력했어."

"그렇다면 노력이 부족했어. 어떻게 내가 문제 있는 사람을 외면할 거라고 생각할 수 있니? 모든 사람들 중에 가장 괴물 같은 내가, 내가 말이야. 어떻게 내가 그 아이를 심판할 거라고 생각할 수 있니?"

"미안해. 하지만 너희 부모님……."

"부모님은 상관 마. 이건 너와 나 사이의 문제야. 넌 다른 일들을 위해선 다 시간을 냈어. 양들이나 학교 일에. 전혀 모르는 사람들을 위해서까지 말이야. 난 같이 시간을 보내자고 너한테 강요해야 했어. 그 아이가 나타나기 전까진 나도 괜찮았지만, 이젠 넌 더 좋아하는 친구를 만났잖아. 나보다 덜 괴물 같은 아이를 말이야. 넌 나 말고 그 아이를 택했어. 날 내몰았다고. 다른 사람들이 그랬던 것처럼 날 내몰았다고."

"그렇지 않아, 먼시."

하지만 먼시가 옳았다. 그랬다. 나는 먼시를 다른 학생들이 하는 것처럼 대했다. 마치 먼시가 감정도 없고, 지능도 떨어지는 것처럼 대했다. 먼시가 존재하지조차 않는 것처럼 말이다.

수업 종이 울렸지만 우리는 계속 바깥에 서 있었다.

"먼시, 미안해. 내가 정말 바보 같았어."

"바보 같았다고? 양에 대해서 안다고 꼭 똑똑한 게 아니야. 난 널 믿었어, 나일. 너와 마음을 주고받고 있다고 생각했어. 나일은 날 받아들인다고, 정말 받아들인다고 생각했어. 하지만 결코 그런 적이 없었지. 그럴 수 없었을 거야."

나는 먼시의 눈에서 고통이 살아 있는 것처럼 꿈틀대는 걸 보았다. 눈물이 마스크 위로 마구 떨어지고 있었다.

"이제부터 날 혼자 내버려 둬. 알았어? 잘해 주려고 하지도 말고, 날 좋아하는 체도 하지 마. 내 친구인 척도 하지 마."

배쇼 선생님이 급히 우리 곁을 지나 학교로 향해 걸어가며 말했다.

"너희 둘 여기서 뭐 하고 있니? 빨리 들어가! 둘 다 지각 확인증이 필요할 거다!"

먼시는 내게서 등을 돌려 학교로 쑥 들어갔다.

사람들에게 마음을 열 때 무엇이 가장 힘든지 기억났다. 가장 힘든 부분은 둘을 이어 주던 끈이 끊어질 때다.

24

수업 시간이 멍하니 지나갔다. 에즈라에게만 신경이 쓰였다.

에즈라는 매일 오후 내가 돌아오기를 기다렸다. 우리는 같이 공부를 했다. 때로는 에즈라가 소리 내어 책을 읽어 주었다. 에즈라와 함께 있는 건 정말 즐겁고 편했다.

트렌트 아주머니와 에즈라는 이제 매일 밤 우리와 함께 식사를 했다. 사실, 아주머니가 요리를 거의 다 했다. 냄비 하나에 모든 재료를 다 넣고 끓이는 스튜는 이제 끝이다. 아주머니는 이제 덜 수척해 보였다.

그리고 에즈라와 아주머니 둘이서 집 청소도 했다. 진짜 깨끗이 청소했다. 대들보에서 천장을 가로지르던 거미줄도 사라졌다. 커튼도 빨고, 녹슨 데를 문질러 윤이 나게 했다. 게다가 뒷방의 끔찍한 벽지

마저도 북북 문질러 깨끗이 닦아 냈다. 집 안이 다르게 보였다.

그리고 밤에, 에즈라와 내가 잠자러 간 다음, 아주머니와 할머니는 식탁에 몸을 기대고 앉아 웃으며 이야기를 나눴다.

할머니의 웃음소리를 들으며 내 마음에 박혀 있던 마지막 굳은살이 부드러워졌다.

* * *

어느 날 오후, 미술 과제를 하며 작은 소리로 노래를 불렀다.

에즈라가 고개를 들었다.

"그 노래 들은 적 있는데……."

나는 노래를 멈췄다.

"아니, 계속 불러. 그 노래, 제목이 뭐니?"

"'인자한 목자'야. 합창 시간에 배웠어."

"네가 나한테 불러 줬지. 내가 아팠을 때 말이야. 기억나."

"기억할 리가 없어."

"하지만 기억나는걸."

나는 쑥스러워서 책을 내려다보았다.

저녁 식사 때 에즈라는 노래를 기억하는 것에 대해 이야기했다.

그래서 우리는 음악에 대해 이야기하게 되었다.

아주머니는 음악을, 특히 고전음악을 좋아했다. 할머니의 컨트리

음악과 내 로큰롤이 아주머니를 힘들게 만든 게 분명했다. 우리 집에 온 지 얼마 되지 않아 아주머니는 우리에게 라디오가 하나 더 있냐고 물어보았다. 아주머니는 그 라디오를 거실에 놓고 신호가 잡혔다 말았다 하는 공영방송을 듣곤 했다. 가끔은 우리 낡은 피아노도 쳤다. 얼마 후 추위 때문에 아주머니는 피아노 치는 것을 그만두었다. 게다가 피아노 음도 너무 틀어져 있었다.

"재즈 음악 좋아하나요?"

크림소스에 구운 감자 요리를 숟가락으로 벌써 두 접시째 담으며 할머니가 물었다.

아주머니가 고개를 끄덕였다.

"오늘 밤 학교에서 음악회가 있어요. 나일이 집으로 안내장을 가져왔어요. 쓰레기통에서 발견했지요."

에즈라가 나를 보며 얼굴을 찡그렸다.

"할머닌 학교 음악회 싫어하시잖아요. 게다가 재즈 밴드부원 중에 절반은 이사를 갔어요. 형편없을 거예요."

"어쩌면 에즈라와 트렌트 아주머니가 가고 싶어 할지도 몰라."

아주머니는 입가를 냅킨으로 톡톡 두드렸다.

"사실, 가 보고 싶어. 나도 어렸을 때 합창을 했지."

아주머니가 부드럽게 말했다. 아주머니가 잠시 볼품없는 치마와 거칠어진 손을 바라보았다. 아주머니는 긴 손가락으로 목에서 머리채를 올리고 고개를 끄덕였다.

"외출하면 참 좋을 텐데."

"하지만……."

에즈라와 아주머니가 누군지 사람들이 알게 되면 어떡하지?

"모두에게 좋을 거야."

할머니가 말했다. 할머니는 이미 마음을 굳혔다.

우리는 녹슨 픽업트럭의 긴 좌석에 너무 꼭 끼어 앉아 숨조차 제대로 쉴 수 없을 지경이었다. 기어를 바꿀 때마다 할머니의 팔이 내 다리를 세게 쳤다. 우리는 음악회에 늦게 도착했다. 네 좌석이 연달아 있는 곳을 찾을 수가 없었다. 에즈라와 나는 체육관 뒤쪽 콘크리트 벽에 기대섰다. 아무도 우리를 알아채지 못하기를 바랐다.

정말 많은 사람들이 와서 깜짝 놀랐다. 체육관은 이전 음악회처럼 꽉 차지는 않았지만 쿠션 달린 좌석엔 모두 사람들이 앉아 있었다. 아주머니처럼 다른 사람들도 외출이 필요했던 것이다. 잠시 모든 걸 잊어버리고 그냥 음악이나 조금 즐길 시간이 말이다. 리랜드와 그레이 학교는 항상 멋진 음악회를 열었다.

아주머니는 음악에 맞추어 자리에서 춤을 추었다. 나는 아주머니를 멍하니 바라보았다. 아주머니에게도 이런 면이 있다니! 아주머니와 매일 함께 살면서도 어떻게 이렇게 조금밖에 모를 수 있었을까?

할머니는 비참해 보였다. 갈색 피부의 키 작은 음치 할머니. 할머니는 장식도 없는 천장을 바라보며 자리에서 괴로워했다. 중간 휴식

시간에 사람들이 인사를 하러 왔다. 할머니는 아주머니를 그 사람들에게 소개시켜 주었다. 아무도 아주머니가 누군지, 정말로 어떤 사람인지 알지 못했다. 아무도 의심하지 않았다. 할머니는 그저, "내 친구, 미리엄이에요."라고만 했다. 할머니는 난처한 상황을 아주 쉽게 넘겼다.

* * *

음악회가 끝난 후 우리는 길 건너 타운센드 잡화점에 있는 음식 코너에 들러서 감자튀김을 포장해 달랬다.

거의 아홉 시가 다 되었고, 가게는 문을 닫고 있었다. 우리는 가게 안에 앉아 감자튀김을 먹을 수가 없었다.

"트럭 안에서 어떻게 먹어요? 팔도 움직일 수 없다구요."

내가 불평했다.

에즈라는 좁은 좌석에서 자세를 바꾸더니 감자튀김 하나를 들고 공중에 던져서 입으로 받아 먹었다.

나도 시도해 보았다.

에즈라는 거의 실패하지 않았지만 내 감자튀김들은 트럭 곳곳, 긴 좌석 뒤와 아주머니 머리 위에 떨어졌다. 게다가 할머니 무릎에도 한 개 떨어졌다.

에즈라와 나는 웃음을 참을 수가 없었다. 할머니와 아주머니까지 웃음을 터트리게 만들었다.

꼭 끼어 앉은 채 하도 심하게 웃어 옆구리가 아프기까지 했지만, 도저히 웃음을 참을 수가 없었다. 할머니가 차 사고를 안 낸 게 다행이었다.

감자튀김이 다 떨어졌을 때, 난 튀김이 그대로 남아 있는 아주머니의 봉지를 낚아챘다. 마치 아주머니가 가족이나 되는 것처럼.

"나일."

할머니가 꾸짖었다.

나는 마치 전기 울타리를 건드린 것 같은 작은 충격을 느꼈다.

"죄송해요."

나는 봉지를 아주머니에게 다시 돌려주었다.

"가져가렴. 너희들이 먹는 걸 보는 게 더 재미있구나."

하지만 받을 수가 없었다. 에즈라가 대신 봉지를 받았다. 에즈라는 곧 우리를 다시 웃게 만들었다.

다음 주, 할머니는 정부 관계자들과 약속 때문에 아주머니와 에즈라를 몬트필리어에 데려갔다. 할머니와 아주머니는 아주머니가 돈을 좀 받을 수 있는 방법을 찾게 되길 기대했다.

"나일, 넌 남아서 학교에 가렴. 지난주를 생각하니 우리가 모두 함께 가는 건 안 될 것 같구나. 트럭에 다 탈 수가 없어. 게다가, 누군가는 뒤에 남아서 집안일을 해야지."

할머니가 말했다.

나는 전에 할머니가 했던 이야기가 생각나 배 속이 뒤틀렸다. 만약 할머니가 혼자 집으로 돌아오면 어쩌지? 만약 에즈라와 아주머니가 더 나은 곳을 찾으면? 수천 킬로미터나 떨어진 곳, 서부 해안가나 아니면 아주머니의 가족이 살고 있는 이스라엘로 이주하면? 아주머니는 얼마 전에 가족들에게서 편지를 또 한 통 받았다.

학교가 끝난 후 빈집에 들어가 집안일을 하고 간식을 만들었다. 역사 글쓰기 과제를 하려고 했지만 집중이 되지 않았다. 내 옷장엔 드레스가 몇 벌 걸려 있다. 난 한 번도 드레스를 입지 않았다. 아주머니가 음악회에 입고 갔던 지저분한 옷이 기억났다. 내 옷이 에즈라에겐 맞지 않겠지만 아주머니한테는 맞을 거라고 할머니가 한 말도 기억났다.

드레스들을 옷걸이에서 꺼내 차곡차곡 잘 접었다. 서랍장에서도 옷들을 꺼냈다.

아래층으로 천천히 걸어 내려가, 옷들을 식탁에 올려놓고 베일리나 캐일럽을 찾았다. 숨 쉬는 거라면 아무나 괜찮을 것 같았다. 하지만 베일리와 캐일럽은 화로 앞에서 같이 몸을 말고 자고 있었다. 둘을 깨우는 건 잔인한 짓 같았다. 셉은 뒤쪽 방목지에서 양을 지키고 있었다. 태어난 지 네 달이 되자 셉은 거의 한 살배기 양만큼 자랐다.

화로에 불을 잘 살린 다음 복도를 지나 에즈라의 방까지 옷들을 들고 갔다.

햇빛이 열린 문 사이로 바깥까지 흘러나왔다. 이제 커튼은 활짝 열려 있고 방도 밝았다. 노란 햇살이 사선으로 비쳐 들어와 침대를 따듯하게 덥히며 바닥을 얼룩지게 물들이고 있었다.

서랍장 제일 윗 서랍을 여니까 아주머니가 우리 집에 온 뒤로 모아 둔 물건들이 들어 있었다. 파란 항공우편 봉투 안에 아주머니의 편지들이 들어 있었다. 봉투 구석에는 우표가 두 장씩 붙어 있었다.

나는 내 옷장과 서랍장에서 꺼낸 옷들을 하나씩 아주머니 서랍장에 넣었다.

에즈라 침대 앞에 서서 셉이 거기서 오줌을 누었던 일을 기억하며 퀼트 이불을 손으로 만졌다.

옆머리를 뒤로 빗어 넘기며 나는 한숨을 쉬고 침대 끝에 앉았다. 에즈라의 모습이 곳곳에 남아 있었다. 에즈라가 집중해서 책을 읽고 있던 모습, 힘차게 강아지를 쫓아가던 모습, 책상다리를 하고 바닥에 앉아 있던 모습, 크리스마스 쿠키 깡통들을 두드리던 모습이 생각났다.

나는 에즈라가 매트리스 위에 남겨 놓은 굴곡을 따라 조심스럽게 내 몸을 맞추며 침대에 누워 봤다. 가만히 돌아누워 얼굴을 에즈라 베개에 파묻었다. 에즈라의 머리카락 냄새를 맡을 수 있었다.

에즈라의 곱슬머리 한 올이 베개 보에 남아 있었다. 나는 머리카락을 엄지와 집게손가락으로 집어 들고 내 뺨에, 입에, 목에 갖다 대 보았다. 눈을 감고 에즈라가 팔꿈치를 침대에 대고 옆에 누워 내 머리카락을 귀 뒤로 넘겨 주며 이야기하는 상상을 했다. 손가락 끝에서 느껴질 감촉이 이러할 것이라고 믿으며 에즈라의 얼굴을 매만지는 상상을 했다. 마음속으로 에즈라의 눈매를 그리며 초승달 모양의 흉터를 만졌다.

나는 그렇게 뒷방에서 오랫동안 머물며 에즈라 생각으로 나를 채웠다.

저녁시간이 조금 지나 할머니, 아주머니 그리고 에즈라가 피곤한 모습으로 돌아왔다.

"어땠어요?"

숨을 헐떡이며 내가 물었다. 차가 들어왔을 때 나는 뒤쪽 방목지에 있었다.

"다들 핑계만 대더구나."

할머니가 대답했다.

아주머니가 덧붙여 말했다.

"우리가 어디 있는지 아니까 다시 연락을 하겠대. 결정 내려진 게 없어. 조금 더 우리가 머물 수 있게 환대해 주면 좋겠구나."

환대? 난 단 한 번도 에즈라가 떠나는 걸 원치 않았다. 아주머니가 떠나는 것도 싫었다.

"한 가지는 결정했어. 우린 내가 학교로 돌아가야 할 때가 되었다고 결정했지. 리랜드와 그레이 학교로 말이야, 나일! 너랑 같이."

에즈라가 말했다.

"멋진데! 너 정말 학교 갈 만큼 건강해진 거니? 의사 선생님이나 다른 분이 그랬어?"

말은 그렇게 했어도, 나는 하나도 멋지다고 생각하지 않았다.

에즈라에 대해 사람들한테 어떻게 이야기해야 하지? 할머니가 음악회 때 그랬던 것처럼 자연스럽게 행동할 수 있을까? 에즈라가 더 이상 내게 의존하지 않게 될 때 에즈라와 나 사이에 어떤 변화가 올까?

에즈라가 싱긋 웃었다.

"난 괜찮아. 아주 좋아. 궁금한 건, 그 학교가 우리같이 엄청난 학생을 둘이나 다 수용할 만큼 큰가 하는 거야."

"글쎄, 아닐걸?"

내가 말했다.

아주머니가 나를 향해 돌아서서 손을 잡았다.

"네가 아니었다면 에즈라가 회복되지 못했을 거야, 나일."

나는 고개를 저었다.

"전 아무것도 한 게 없어요."

아주머니는 긴 손가락으로 내 손을 감싸고 계속 말했다.

"세상엔 혼자서 할 수 있는 일들도 많이 있어. 하지만 이건 아니야. 에즈라가 회복되게 네가 도왔어, 나일. 고마워."

그리고 아주머니는 내 얼굴을 두 손으로 감싸고 이마에 부드럽게 입을 맞추었다.

25

에즈라와 내가 언덕을 내려가기 전에 버스가 왔다. 다행히, 먼시가 버스를 타는 데는 항상 시간이 많이 걸렸다. 운전사 아저씨는 먼시가 자리에 앉을 때까지 기다려 주었다. 그게 우리에게 다리 건너 마지막 몇 미터를 달려서 버스 계단을 올라갈 수 있는 시간을 벌어 주었다.

우리가 지나가는 동안 먼시는 부산스럽게 무언가를 했다. 에즈라와 나는 버스 제일 뒤쪽에 앉았다. 이미 자리에 앉아 있던 두세 명의 아이들이 에즈라에게 아주 약간 관심을 보였지만, 그게 다였다. 3학년 여학생 하나가 에즈라를 자세히 살펴보고 내게 고개를 까닥거렸다.

"저 언니는 우리가 사귄다고 생각하고 있어."

내가 에즈라의 귀에 대고 속삭였다.

우리가 뒷좌석에 꼭 달라붙어 앉은 탓에 에즈라의 팔이 내 어깨를 눌렀다.

“사실 그렇지 않아?”

“아니.”

“어?”

“넌 우리가 같이 다닌다고 생각했어?”

“우리 여기서, 함께, 가고 있는데…….”

에즈라가 어깨를 으쓱했다.

나는 에즈라가 장난을 치는 건지 아닌지 알 수가 없었다.

* * *

우리는 바로 교무실로 가서 에즈라의 전학 수속을 마쳤다. 에즈라는 행정실 버논 선생님에게 몬트필리어에서 가져온 서류와 방문 간호사가 써 준 메모를 건네주었다.

다른 아이들도 새로 전학을 왔다.

나는 에즈라를 새 교실로 데리고 갔다. 마지막으로 보았을 때, 에즈라는 긴장을 풀고 편하게 자기 자리에 앉아 있었다. 여자애들이 에즈라한테서 눈을 떼지 않았다.

가끔 교실에서 교실로 옮겨 가며 나는 에즈라를 몇 번 볼 수 있었다. 에즈라 곁에는 항상 여자애들이 두셋 정도 같이 있었다. 나는 한 애가 에즈라에게 어디 출신이냐고 물어보는 걸 들었다. 에즈라는

'남쪽' 이라고만 대답했다. 여자애는 남쪽 어디냐고 묻지 않았다. 그냥 남쪽이라고 하면 충분했다.

집으로 돌아오는 버스 안에서 에즈라는 긴 다리를 복도 쪽으로 쭉 뻗었다. 에즈라는 학교에서 있었던 일을 하나하나 이야기했다.

"수학 선생님은 내가 '이번 주의 문제' 답을 맞혔을 때 거의 심장 발작을 일으켰어. 매주 월요일마다 어려운 문제를 칠판 왼쪽 꼭대기에 써 놓았는데 지금까지 한 번도 그 문제들을 푼 학생이 없었나 봐."

만났던 사람들 묘사를 너무 잘해서 에즈라가 이름을 기억하지 못해도 난 누구를 말하는지 다 알았다.

한번은 먼시가 우리 쪽을 바라보았다. 하지만 러디가 말을 걸기 시작하자 먼시는 다시 천천히 몸을 돌렸다.

아마 내가 굉장히 크게 한숨을 쉬었나 보다. 에즈라가 먼시한테 눈길을 돌렸다가 다시 나를 쳐다보았다. 하지만 에즈라는 아무 말도 하지 않았다.

26

에즈라도 매일 오후 집안일을 돕겠다고 했다. 하지만 저녁때쯤에는 에즈라가 너무 힘들어 보여, 나는 도움이 필요 없다고 말했다. 어쨌든 저녁 식사 후에 우리는 과제와 씨름하느라 식탁에 꼼짝 않고 앉아 있곤 했다.

에즈라는 보통 나보다 일찍 과제를 끝냈다. 에즈라에겐 모든 게 아주 쉬운 것 같았다. 내가 하기 싫은 과제들을 붙잡고 시간을 질질 끄는 동안 에즈라는 수학, 영어, 과학 숙제를 후다닥 해치웠다.

"해스킨스 선생님이 우리에게 가장 큰 영향을 주었던 역사 속 인물에게 편지를 쓰라고 하셨어."

내가 에즈라에게 말했다.

"어려운 과제인데."

우리는 2차 세계대전에 대한 단원을 바로 앞 시간에 끝냈다. 그래서 나는 그 단원에서 배웠던 사람들에 대해 생각하기 시작했다. 강제수용소에서 살아남은 사람들에 대해 읽었던 걸 생각해 봤다. 그리고 살아남지 못한 사람들에 대해서도.

내가 생각들을 정리하는 동안, 에즈라도 종이를 꺼내 볼펜 뚜껑을 열고 글을 쓰기 시작했다.

"뭐 하는 거니?"

"너랑 같이 과제를 해 볼까 싶어. 네가 심심하지 않게."

"그러지 않아도 돼."

에즈라는 어깨를 으쓱한 뒤 계속 글을 썼다.

내가 빈 종이를 응시하고 있는 사이 에즈라는 종이 한 면을 꽉 채웠다. 에즈라 글씨는 사방으로 삐뚤어져 있었다.

"너 글씨 엄청 못 쓰는구나."

에즈라가 쓴 문장을 반대편에서 읽으려 애쓰며 내가 말했다.

"네가 그런 말을 할 자격이 있니?"

내가 보지 못하게 팔로 가리며 에즈라가 대답했다.

나도 글을 쓰기 시작했다.

여기서 단어 하나를 바꾸고, 저기서 구절 하나를 지우며 내가 쓴 글을 다시 읽어 보았다.

마침내 에즈라가 볼펜을 내려놓고 고개를 들었다.

"내 것 읽어 줄까? 안네 프랭크에게 썼어."

내가 말했다.

에즈라가 고개를 끄덕였다.

안네 프랑크에게.

너는 내 삶에 가장 큰 영향을 끼친 역사 속 인물이야. 넌 어른이 되지 못했지만, 너보다 두 배나 나이를 먹은 사람들보다 내게 더 많은 것을 가르쳐 주었어. 네 죽음이 내게 편견과 전쟁의 공포에 대해 눈을 열게 해 주었어.

나는 에즈라를 쳐다보았다. 에즈라는 턱을 주먹에 괴고 식탁에 기대어 있었다.

너의 용기와, 용기와…… 너의 정신력을…… 존경해.

글씨를 갈겨 쓴 탓에 읽기가 어려웠다.

캐일럽이 발톱을 장판에 부딪치며 천천히 걸어와 에즈라의 무릎에 머리를 기댔다.

너와 네 가족은 깨어 있던 매 순간, 또 잠잘 때마저도 두려움에 떨며 살아야 했지. 잠시도 쉴 수가 없었어. 하지만 넌 포기하지 않았어. 너희 가족은 서로를 도왔지. 가끔 다투기도 했지만 그건 이해할 수 있어.

나는 할머니를 생각했다. 에즈라와 아주머니도 생각했다.

넌 특별한 상황에 처한 평범한 소녀였어. 너의 죽음은 우리 모두에게 네가 무엇 때문에 죽었는지 잊지 않게 만들고 있어.

나는 숨을 깊이 들이마셨다.

"자, 어떻게 생각해?"

에즈라는 멍하니 허공만 바라보고 있었다. 에즈라가 내가 읽는 걸 한마디라도 들었는지 궁금했다.

"좋아, 나일."

에즈라가 마침내 마치 꿈에서 깨어난 것처럼 말했다. 그러고는 램프를 쳐다보며 눈을 깜박였다. 불이 내내 켜져 있었는데도 말이다.

에즈라는 정말 이상해 보였다. 마치 내면에서 뭔가가 고통을 주는 것처럼. 에즈라가 갑자기 일어섰다. 그러고는 자기가 쓴 편지를 구기더니 쓰레기통에 던져 버렸다.

나는 왠지 모르지만 가슴이 마구 두근거려 빨리 진정되기를 바랐다. 내가 쓴 글이 에즈라를 속상하게 한 걸까? 그러려고 한 것은 아닌데.

"에즈라, 내가 안네 프랭크에 대해 말한 것, 너한테서도 똑같이 느껴. 용기와 정신력에 대해 말한 것 말이야. 난 네가 안네 프랭크같이 용기와 훌륭한 정신력을 가지고 있다고 생각해."

"왜 목숨을 잃었는지 사람들이 잊지 않게 나도 결국 죽어야 하니?"

"아니야!"

내가 소리쳤다.

"피곤해, 나일."

에즈라가 내게서 멀어져 갔다. 잘 자라는 인사도 하지 않았다.

"잠깐만! 에즈라?"

급히 에즈라를 따라가 부엌 문턱에서 멈추었다.

에즈라가 나를 쳐다봤다.

"마음 상하게 하는 글 써서 미안해."

"괜찮아."

"잘 자, 에즈라."

"잘 자."

입이 바짝 말랐다. 부엌 의자에 가서 다시 앉았다. 에즈라가 돌아오지 않을 게 확실해지자 나는 쓰레기통으로 가서 구겨진 종이를 꺼냈다.

창가 자리에 앉아 베일리를 무릎에 올려놓았다. 조심스럽게 에즈라의 편지가 적힌 종이를 펼쳤다.

나일에게,

처음 널 본 게 기억나. 너는 머리에 바람과 햇살을 가득 담고, 가을과 양 냄새를 풍기며 들어왔지. 나한테 절대 말하지는 않았지만, 넌 내가 여기 있는 걸 원치 않았어. 넌 말없이도 많은 걸 이야기해. 너희 집에선 다 그래. 할머니한테 배웠겠지.

넌 네 양들을 이끌듯 나를 다시 건강해지게 이끌었어. 참을성 있게, 조심스럽게, 한 걸음씩. 나를 위해 자리를 만들어 주었지.

내가 아플 때 넌 날 돌봐 주었어. 날 먹여 주고, 내가 듣지 못한다고 생각할 때도 노래를 불러 주었어. 난 이방인이고, 위험한데도 넌 날 위해 그렇게 해 주었어.

나는 에즈라가 쓴 편지를 들고 있는 내 거친 손을 멍하니 쳐다보았다. 침을 꿀꺽 삼켰다.

넌 밖에서 양과 함께 있을 때 가장 행복해 보여. 넌 내게 트럭 운전하는 걸 가르쳐 주었어. 넌 내게 햇살을 받아들이는 걸, 숨을 다시 쉬는 걸 가르쳐 주었어. 바꿀 수 없는 일들을 잊어버리도록 하는 것도 가르쳐 주었지. 넌 날 판단하지 않고 용서하고 받아들여 주었어. 넌 내게 계속 살아갈 이유를 주었어. 삶에서 그것보다 더 큰 영향은 없을 거야. 고마워, 나일. 마음 깊숙이 정말 감사해.

영원한 친구,

에즈라

편지를 다시 읽었다. 그리고 또다시. 그리고 한 번 더. 이 편지가 내 마음에 새겨질 때까지 계속 읽었다. 항상 가슴에 담고 다닐 수 있게 될 때까지.

영원한 내 친구 에즈라.

27

에즈라가 학교에 다니기 시작한 지 두 주가 되었을 때 여느 해보다 일찍 추위가 풀렸다. 눈이 녹아서 나무둥치 주위에 물구덩이가 생겼다. 우리 집 진입로의 흙길은 매일 오후 일찍 진흙탕으로 변했다가 저녁에는 깊은 바큇자국을 따라 얼어붙었다. 낮 동안 밖에는 눈이 녹으며 물이 똑똑 일정하게 떨어지는 소리가 났고, 집 안에 해가 따듯하게 비추었다.

어느 날 오후, 에즈라와 나는 버스에서 내려 집으로 향했다. 먼시도 우리 뒤에서 평소처럼 발을 끌며 느릿느릿 따라왔다. 진흙탕 길을 반쯤 올라왔을 때 리플리가 숲에서 나오는 게 보였다. 리플리는 에즈라에게 거리를 두었다. 실제로 요즘 학교에 온 적도 별로 없었다.

"이건 뭐니, 나일? 돌연변이를 바꿔치기라도 한 거야?"

나는 먼저 옆에서 걷고 있는 에즈라를 바라보고, 혼자 힘겹게 언덕을 올라오고 있는 먼시도 어깨 너머로 보았다.

"무시해."

내가 에즈라에게 속삭였다. 하지만 먼시를 뒤에 혼자 남겨 놓고 싶지 않아 걸음 속도를 줄였다.

"돌연변이! 넌 나를 바보라고 생각하겠지만, 피난민을 보면 딱 알아. 모두 건방진 모습을 하고 있지. 저놈은 보스턴에서 왔지? 네가 저놈과 무슨 짓을 하는지도 맞힐 수 있어. 돌연변이 애새끼를 만들고 있지, 그치?"

리플리가 에즈라를 다치지 않은 눈으로 노려보았다. 다친 쪽은 가는 실눈이 되어 있었다.

주위가 갑자기 새까매지는 것 같았다.

"더 이상 못 참아."

나는 가방을 집어 던지고 리플리에게 달려들었다.

눈앞을 가로막는 어두운 증기처럼 분노가 확 솟구쳤다. 리플리의 단단한 뼈에 마구 부딪친 내 주먹이 화끈거렸다.

리플리는 나보다 훨씬 컸다. 리플리는 팔을 뻗어 주먹이 닿지 않는 곳까지 나를 떼어 놓았다. 나를 내려다보며 리플리가 비웃었다.

그때 나는 에즈라가 리플리에게 다가오는 것을 보았다.

리플리의 몸은 조개껍데기 같았다. 단단하고, 뾰족하고, 차가웠다.

전에 한번은 에즈라와 먼시와 내가 함께 덤빈다면 우리가 리플리를 이길 수 있을 거라고 생각했다. 이제 진실을 깨달았다. 에즈라는 싸움꾼이 아니었다.

먼시까지 가세하더라도 리플리한테 이길 가망이 없었다.

에즈라가 가까이 오자 리플리는 나를 옆으로 밀쳤다.

리플리는 마치 오랫동안 에즈라를 기다리고 있던 것 같았다.

리플리는 에즈라를 한 방에 쉽게 쓰러트렸다. 그러고는 에즈라를 밀어 얼굴부터 진흙탕에 처넣었다. 에즈라는 한 번도 리플리를 제대로 치지 못했다. 리플리가 에즈라를 뒤엎었다.

"그만둬. 리플리, 그만해."

내가 소리쳤다.

리플리는 익숙한 듯 일정한 간격으로 주먹을 휘둘렀다. 에즈라를 주먹으로 치고 또 쳤다. 에즈라가 피를 흘리기 시작했다.

에즈라에게서 떼어 놓으려고 리플리를 뒤에서 미친 듯이 잡아당겼다. 하지만 리플리의 머리카락은 너무 짧아서 움켜쥘 수 없었다. 리플리는 어깨를 한 번 휙 돌려 내 손에서 자기 외투를 잡아챘다.

"에즈라를 가만둬, 리플리."

에즈라의 코에서 피가 쏟아져 나왔다.

나는 리플리의 머리와 목과 등을 주먹으로 마구 때렸다. 리플리는 길옆 가시덤불이 있는 곳까지 나를 세게 밀쳤다.

에즈라는 이제 피를 더 많이 흘렸다. 입에서도 귀에서도 피가 났다.

"네가 에즈라를 어떻게 만들었는지 봐, 리플리. 죽이고 있잖아. 그만! 그만해!"

내가 소리쳤다.

하지만 리플리는 멈추지 않았다.

"저놈이 그 돌연변이들 중 하나지, 그렇지? 저놈을 너네 집에 데리고 있었던 것 다 알아. 함께 살면서. 같이 자면서. 여태 다 알고 있었어. 흥, 세상에 돌연변이 자식들은 더 이상 필요 없다구."

리플리는 에즈라를 계속 주먹으로 쳤다.

나는 리플리한테 몸을 날리며 소리를 질렀다. 리플리의 귀와 얼굴, 그리고 눈을 할퀴었다. 리플리의 다친 눈을 할퀸 게 틀림없다. 리플리가 고통 때문에 악을 쓰더니 에즈라를 놓고 벌떡 일어나 내 손목을 낚아챘다.

리플리는 내 팔을 잡고 꼼짝 못하게 하더니 나를 진흙탕으로 잡아당겼다. 성한 눈이 나를 무섭게 노려봤다.

"타이러스가 또 없어졌어."

전에 한 번도 들어본 적 없는 차분한 목소리였다. 리플리의 목소리는 내 속을 막 울렁거리게 하고, 먹은 것이 목까지 올라오게 만들었다. 레드 잭슨 아저씨가 타이러스를 잡아갔나?

"줄로 묶어 놓지 그랬어. 네 개가 달아난 게 내 책임이 아니잖아. 에즈라 책임도 아니고."

내가 소리쳤다.

"누가 발견했는지 알아? 군인들이야. 오염 구역 경계에 서 있는 군인들."

리플리의 얼굴에서 땀이 흘렀다. 그 땀이 내게 떨어졌다. 나는 구역질이 올라오는 것을 참느라 이를 악물었다.

"타이러스가 죽었어."

리플리 밑에서 벗어나려고 노력하며 나는 손을 진흙탕 안으로 집어넣었다. 숨을 쉴 수가 없었다.

"타이러스가 죽었다구."

리플리가 내 위에서 거친 목소리로 말했다. 울고 있었다. 리플리 파워스가 울고 있었다.

"방사능 오염 때문이야. 프렌티스 의사 선생이 타이러스의 배를 갈랐어. 죽은 동물을 찾으면 그렇게 하는 게 이제 법이래. 알고 있었니? 사고가 난 지 4개월이나 지났는데. 이게 모두 저 자식 잘못이야. 저 자식 때문이라구."

리플리는 정신을 잃고 진흙탕에 누워 피를 흘리고 있는 에즈라를 고개로 가리켰다.

리플리의 무거운 몸이 날 짓눌러서 온몸에 멍이 드는 것 같았다. 빠져나오려고 안간힘을 쓰며 진흙을 한 줌 움켜 쥐었다.

"비켜! 비키란 말이야."

밑에서 몸을 비비 꼬며 내가 소리 질렀다.

리플리가 노려보았다.

"숨을 못 쉬겠어."

나는 울부짖었다.

그리고 갑자기 리플리가 앞으로 푹 고꾸라졌다. 한순간 리플리의 몸은 분노로 굳었다. 그러고는 고꾸라지면서 내게서 굴러떨어졌다. 무슨 일이 일어난 건지 알 수가 없었다.

나는 길 한가운데서 부들부들 떨며 앉아 있었다. 숨을 돌리려 애썼다. 그러면서 진흙탕 속에 누운 채 얼굴에서 피를 흘리고 있는 에즈라를 바라보았다.

잠시 리플리로부터 날 구해 준 사람이 에즈라라고 생각했다. 하지만 곧 내가 틀렸다는 걸 알았다.

에즈라는 누구로부터도 날 구해 주지 못했을 것이다.

날 구해 준 건 먼시였다.

진흙 묻은 마스크가 목 주위에서 흔들거리고 있었다. 옆구리에는 리플리의 머리를 내리칠 때 사용한 무거운 가방을 들고 있었다.

리플리가 끙끙거렸다.

몇 미터 떨어진 곳에서 에즈라가 애쓰고 있었지만 일어나지 못했다.

"먼시, 에즈라를 집으로 데려가게 도와줘."

먼시는 잠시도 망설이지 않았다.

에즈라는 진흙탕에서 일어나 한때 할아버지의 지팡이에 의지했던 것처럼 온 힘을 다해 우리에게 기댔다.

얼굴에서 흘러내리는 피가 멈추질 않았다.

갑자기 캐일럽이 울타리를 넘어왔고, 셉도 미친 듯이 짖어 댔다. 셉은 한 번도 울타리를 뛰어넘어 본 적이 없었다. 그리고 할머니와 트렌트 아주머니도 달려 나왔다.

할머니와 아주머니는 에즈라를 뒷방으로 데려가 출혈을 멈추게 하려고 노력했다. 하지만 피가 멈추지 않았다.

"수건 좀 가져오렴."

할머니가 말했다.

나는 수건을 가지러 옷장으로 달려갔다. 손이 떨렸다.

할머니는 수건을 받아 들고 우리를 에즈라의 방에서 나가게 했다.

"너희 둘도 가서 깨끗이 씻거라. 여기 일은 내가 처리하마. 먼시, 부모님이 네가 피 묻은 옷을 입고 있는 걸 보지 못하게 하렴."

먼시는 앞장서서 부엌으로 가 문을 열고 길 쪽을 바라다보았다.

"리플리가 이젠 안 보여. 아마 자기 구멍으로 기어 들어갔나 봐."

"그 자식이 날 흥분하게 만들지 말았어야 했는데."

"계속 그렇게 만들려고 했어. 내가 여기 사는 동안 내내 그러려고 했다고."

먼시가 말했다.

"하지만 내가 에즈라를 어떻게 만들었는지 봐."

"할머니가 잘 치료해 주실 거야."

먼시는 마치 우리 사이에 아무런 일도 없었던 것처럼 내게 말을 하고 있었다.

우리는 화장실로 가서 손과 얼굴에 묻은 피와 시꺼먼 흙을 씻어 냈다.

"내 방으로 가자. 갈아입을 옷 줄게."

"네 옷이 나한테 맞을 것 같기나 하니?"

"알았어. 그럼 할머니 방에서 뭐라도 찾아 줄게."

우리는 할머니 방으로 갔다. 나는 할머니 방에 들어간 적이 거의 없었다. 조그만 침대, 서랍장, 옷장, 그리고 등받이가 곧은 의자 말고는 거의 아무것도 없는 소박한 방이었다. 바닥 깔개도 없었다. 침대에는 평범한 갈색 담요가 덮여 있었다. 유일한 장식이라고는 할아버지가 아기일 때 모습이 담겨 있는 색깔이 바랜 흑백사진뿐이었다.

어디서 할머니 옷을 찾아야 할지 몰랐다. 하지만 할머니의 서랍장을 뒤지고 싶지 않았다. 나는 옷장을 열어 보았다. 옷장에서는 향나무의 좋은 냄새가 났다.

창으로 들어오는 빛이 옷장 안까진 거의 비치지 않았다. 그래서 옷장 문을 활짝 열었다. 난 스웨터나, 담요나, 어쩌면 낡은 바지 같은 걸 찾길 기대했다. 하지만 그런 것들은 하나도 보이지 않았다.

옷장에서 발견한 건 거의 머리카락이 다 빠진 인형이었다. 발목에 고무줄이 달린 옅은 푸른색 작업복 바지에 아주 조그만 분홍색 꽃무늬 윗도리를 입고 있었다. 인형은 옷장 선반 밑에 앉혀져 있었다.

내 옛날 인형.

인형을 집어 들고 겨우 몇 가닥 남은 옅은 갈색 머리카락을 부드럽게 쓰다듬었다.

"할머니가 아직도 인형을 가지고 노시니?"

너무나 개인적인 일이었다. 이야기하고 싶지 않았다. 하지만 때가 되었다. 먼시에게 숨김없이 모든 걸 이야기할 시간이 된 것이다.

"내 인형이야, 어렸을 때 가지고 놀던. 엄마가 돌아가시기 전에 내게 주셨어."

"그런데 넌 할머니가 가지고 계신 걸 여태껏 모르고 있었던 거야?"

"내버렸거든."

인형을 발견한 곳에 다시 내려놓으며 옷장 문을 닫으려고 하는데 먼시가 막았다. 먼시는 안으로 손을 넣어 낡은 사진을 꺼냈다.

"이 사람들은 누구니?"

먼시가 내게 사진을 건넸다.

날씬하고 수수하게 생긴 여자가 검은 눈, 네모난 턱, 진흙 묻은 장화를 신은 남자 옆에 서 있었다. 남자는 불안한 표정으로 사진기를 바라보고 있었다. 여자는 얼굴을 옆으로 돌려 허리춤에 안은 아기를 보며 미소 짓고 있었다. 햇살이 사람들 뒤편 창문에서 사선으로 비치고 있었다. 아기는 사진이 찍힐 때 움직인 게 분명하다. 미소가 사라진 입이 일자가 되어 남자와 여자 사이에서 둘을 연결시키고 있었기 때문이다. 사람들 뒤쪽 벽에는 녹색과 금색 줄무늬 벽지가 붙어 있었다.

나는 이 사진을 기억했다. 사진뿐 아니라 사진을 찍던 순간도 기억났다.

"엄마야. 그리고 아빠."

사진을 가리키며 내가 말했다. 나는 손목과 목에 단추가 풀린 아빠의 하얀 셔츠를 만졌다.

"그리고 이건 나. 그리고 내 아기 침대. 나는 가끔 뒷방에서 자곤 했어."

나는 아기도 만져 보았다.

사진을 인형 옆에 놓고 옷장 문을 조심스럽게 닫은 후 서랍장을 열었다.

"여기 있다. 네가 빌려 입어도 할머닌 싫어하시지 않을 거야."

작업복 셔츠와 바지를 꺼내 들고 내가 말했다.

나는 다시 부엌과 복도를 가로질러 에즈라의 방 앞에 서서 귀를 기울였다. 침착하게 천천히 이야기하는 할머니의 목소리가 들렸다. 할머니가 사태를 잘 수습하고 있었다. 할머니는 항상 그랬다.

먼시와 내가 방으로 올라갈 때도 등 뒤에서 말소리가 부드럽게 커졌다 작아졌다 했다. 우리는 진흙과 피가 묻은 옷을 벗었다. 나는 먼시가 옷을 벗는 동안 고개를 돌리지 않았다. 먼시의 몸을 보고 싶었다. 먼시가 내 몸을 바라볼 때도 피하지 않으려고 했다.

어느 순간 트럭에 시동 걸리는 소리가 들린 듯했다. 하지만 먼시가 카랑카랑한 목소리로 계속 이야기를 했다. 멍하고 기진맥진해 모든 게 느리고 비현실적으로 느껴졌다.

나는 날카로운 덤불에 긁힌 팔과 다리의 상처를 살펴봤다. 빨갛고 길게 상처가 부어 있었다. 어떤 상처에서는 아직도 피가 났다.

나는 청바지를 입고 깨끗한 운동복 윗도리를 머리 위로 뒤집어썼다. 머리카락에 진흙이 두껍게 엉겨 붙어 있었다.

"진흙을 씻어 내고 에즈라가 어떤지 가 봐야겠어."

"그래."

"같이 갈래?"

먼시가 나를 바라보았다. 미소가 먼시의 얼굴에 천천히 퍼졌다.

"초대해 줘서 고마워. 하지만 집에 가 봐야겠어. 우리 부모님이 얼마나 걱정하실지 알잖아."

"먼시?"

"응?"

"고마워."

먼시가 활짝 웃었다. 나는 오랫동안 먼시 얼굴을 제대로 보지 못했다. 먼시는 안경을 콧날까지 추켜올리고 짧은 다리로 신 나게 계단을 내려갔다.

먼시 뒤에서 따라 내려가는데 온몸의 근육이 결렸다.

"다시 마스크 쓰는 게 좋을 거야."

부엌문 앞에서 내가 말했다.

"온통 진흙투성이야."

"집까지 바래다줄까?"

에즈라의 방 쪽으로 귀를 기울였지만 아무 소리도 들리지 않았다.

"괜찮아."

먼시가 떠나자마자, 두려움이 등을 따라 슬금슬금 기어오르는 게 느껴졌다. 집이 너무 조용했다.

나는 급히 뒷방으로 달려갔다. 방이 비어 있었다! 화장실에도 피에 흠뻑 젖은 수건밖에 없었다.

밖으로 뛰쳐나갔다.

할머니의 픽업트럭이 없었다.

모두 떠났다. 나만 남기고 모두.

어떻게 할머니가 나만 남겨 두고 떠날 수 있지? 나한테 말도 안 하고 어떻게 에즈라를 데리고 갈 수 있지?

집 한쪽 끝에서 다른 쪽 끝까지 왔다 갔다 했다. 피 묻은 수건들을 모두 욕조 찬물에 담갔다. 억지로 몸을 끌고 밖으로 나가 목장일을 하는 시늉을 했다.

다른 일을 모두 마치고 나서는 장작을 패려고 했다. 무슨 일이든 계속하려고, 생각하는 걸 피하려고. 하지만 더 이상 기운이 남아 있지 않았다.

나는 도끼를 내려놓고 빈집을 빤히 바라보며 나무 그루터기에 걸터앉았다.

28

몇 시간이나 추운 바깥에 있었다. 아랫배 깊은 곳에서부터 냉기가 퍼졌다. 곧 돌아올 거야, 이제 곧. 하지만 길에는 자동차 불빛이 보이지 않았다. 트럭이 탈탈거리며 다리를 건너고 진흙탕을 지나 언덕을 힘겹게 올라오지도 않았다.

개 한 마리가 울부짖었다. 타이러스일 거다. 아니, 타이러스가 아니다. 타이러스는 죽었다.

캐일럽이 내 곁에 앉았다. 베일리는 밖에 나가 보이지 않았다. 어둠 속 어디선가 먹이를 향해 살금살금 다가가고 있을 것이다. 타이러스가 그랬던 것처럼 베일리도 방사능에 오염된 것을 먹게 될까? 베일리도 죽을까?

언 진흙탕 건너편, 멀리 떨어진 곳에서 발소리가 들려왔다. 나는 나무 그루터기에서 꼼짝 않고 앉아 있었다. 도끼 자루를 꼭 잡았다. 리플리가 근처에 오게 그냥 두지 않을 거다. 이제 다시는.

나는 발걸음 소리의 리듬을 알아챘다. 리플리가 아니었다. 긴장이 풀렸다.

먼시였다.

"여기 있어."

내가 소리쳤다.

놀랐는지 먼시가 팔짝 뛰었다.

"밖에서 뭐 하고 있니?"

나는 먼시에게 에즈라와 할머니와 아주머니가 떠났다고 이야기했다.

"에즈라는 괜찮을 거야. 분명 괜찮을 거야."

먼시가 말했다.

하지만 먼시는 그런 약속을 할 수 없었다. 아무도 그럴 수 없었다. 난 에즈라가 죽음의 문턱에 있을 때를 보았다. 할아버지를, 그리고 엄마를 보았던 것처럼. 때때로 사람들은 포기하기도 한다. 이번엔 에즈라가 포기할지도 모른다.

먼시는 나를 집 안으로 데리고 갔다. 화로는 이미 차가워져 있었다.

"난 불 피우는 데는 소질이 없어."

먼시가 나뭇가지로 재를 쑤시며 말했다.

먼시가 전기스토브에다 커피를 데우는 동안 나는 화롯불을 다시 살렸다.

"이거 마셔."

크림과 단풍 시럽을 조금 넣은 커피 잔을 내 손에 쥐여 주며 먼시가 말했다.

난 마실 수가 없었다. 가만히 앉아 있을 수도 없었다. 마치 집 안에서 무언가가 날 계속 뒤쫓아 다니는 것 같았다. 가만히 앉아 있으면 그것에 붙잡히고 말 것 같았다.

"나가야겠어."

입도 대지 않은 커피를 내려놓으며 내가 말했다.

"우리 집에 갈래?"

"아니, 거기 말고. 따라와 봐."

나는 먼시를 트랙터 창고로 데리고 갔다.

손으로 기계들을 쓰다듬었다. 부드러운 몸체와 딱딱한 좌석들을. 추위 때문에 피부가 따끔거렸다.

방사능 측정기가 창고 벽에 걸려 있었다. 그리고 창문 아래 나무로 만든 선반 위엔 시계들이 야광 문자판에서 조용히 그리고 끊임없이 아주 작은 양의 방사능을 내뿜고 있었다.

먼시는 내가 그동안 있었던 이야기를 다 쏟아내는 걸 들어 주었다. 아무 말 없이 가만히 들어 주었다.

나는 에즈라와 내가 처음 밖으로 나갔던 길을 따라 어둠 속에서 먼시와 함께 방목지로 갔다. 먼시와 난 미끄러지기도 하며 힘들게 쌓인 눈을 헤치고 걸었다.

"걷기가 힘들겠다."

먼시가 나와 보조를 맞추느라 애쓰는 것을 보며 내가 말했다.

"모든 게 다 힘들어."

나는 방목지 중간에서 멈추어 섰다.

"에즈라가 죽으면 어쩌지?"

"어차피 죽고 있었어. 방사능에 노출된 많은 사람들이 죽을 거야. 의사 선생님들이 몇 달 전에 말했어. 해스킨스 선생님도 그랬고."

먼시가 말했다.

"죽고 있지 않아!"

내가 소리를 질렀다.

"아니야. 우린 모두 죽고 있어, 나일. 아직 알아채지 못했니? 우리 모두가 언젠가는 떠나야 한다고."

나는 달빛 아래서 먼시를 빤히 쳐다보았다. 먼시는 어떻게 알았을까?

난 늘 내가 먼시보다 훨씬 더 강하고, 똑똑하고, 낫다고 생각했다.

"돌아가자. 너, 추워서 떨고 있어."

내가 말했다.

먼시에게 보조를 맞추었다. 그리고 우리는 밤하늘 밑에 두 그림자가 되어 미끄러운 길 위로 발을 질질 끌며 천천히 들판을 가로질러 걸어갔다.

우리는 장작을 패는 나무 그루터기에 함께 앉아서 몸을 덜덜 떨며 할머니를 기다렸다.

"얘, 나일. 우리가 아프면 아무 도움이 안 될 거야. 들어가서 잠시 누워 있지 않을래? 할머니가 돌아오시면 널 깨울 거야."

"너는?"

"너랑 같이 있을 수 있어."

"너네 부모님이 걱정하실 텐데."

"내가 어디 있는지 아셔."

먼시가 부들부들 떠는 게 옆에서 느껴졌다.

"왜 할머닌 떠난다고 내게 말을 안 하셨을까? 왜 날 데려가지 않으셨을까? 나도 같이 가고 싶었는데. 나도 작별인사를 하고 싶었는데. 그냥 작별인사만이라도."

"너네 할머니는 할머니 방식대로 일을 하시잖아. 나일, 너처럼 말이야. 둘 다 구제 불능이라구."

나는 손을 뻗어 먼시의 팔을 건드렸다. 자동차 불빛이 집 쪽을 향해 속력을 줄이고 방향을 바꾸며 길을 따라 천천히 다가오고 있었다. 나는 트럭이 기어를 낮추는 소리를 들었다.

먼시와 나는 벌떡 일어나 눈부신 자동차 불빛을 바라보며 기다렸다.

29

따듯한 사월의 햇살 밑에서 새 나뭇잎들이 피어났다. 할머니의 트럭이 얼어서 부풀어 오른 길을 덜컹거리며 달렸다. 길을 고칠 돈도, 도로를 고칠 사람도 없었다. 정부는 더 이상 도로 작업반원을 고용할 경제적 여유가 없었다.

나는 대리석 무늬 포장지에 싼 선물을 가슴에 꼭 안아 들었다.

"쉽지 않을 거다, 나일."

할머니가 주의를 주었다.

"모두 리플리 잘못이에요."

내가 사납게 말했다.

할머니가 고개를 저었다.

"아니야, 나일. 에즈라는 리플리와 싸우기 전에 이미 백혈병이 악

화돼 있었다. 그래서 피를 많이 흘린 거야. 백혈병이지 리플리 때문이 아니란다. 리플리가 아니라 쿡서 원전 사고 때문에 그렇게 된 거야. 방사능이 암을 유발했고, 암세포가 자라는 걸 촉진시켰어. 어떻게 보면 리플리가 에즈라를 도와준 거란다. 자기가 아프다고 우리에게 말할 기회를 얼마나 오랫동안 기다리고 있어야 했을지 누가 알겠니?"

방문객 주차장에 차를 세우고, 걸어서 병원 입구까지 갔다.

우리는 안내 데스크 앞에 가서 섰다.

에즈라는 804호에 있었다. 엘리베이터에서 내리자 병원 냄새 때문에 콧구멍이 오그라들었다. 모든 곳이 깨끗하게 빛났으나 그 밑에는 불쾌한 냄새가 숨어 있었다. 돌아서서 도망치고 싶게 만드는 악취였다.

병실을 지나갈 때마다 슬쩍 안을 들여다보았다. 환자들은 햇빛 비치는 침대에 앉거나 누워 있었다. 어떤 환자들은 내 또래였고, 나보다 나이가 많거나 적은 환자도 좀 있었다. 여긴 암 병동이었다. 환자들로 꽉 차 있었다.

804호엔 커튼이 쳐져 있었다. 하지만 어렴풋한 불빛 아래서도 트렌트 아주머니를 볼 수 있었다. 아주머니는 반대편 벽을 바라보며 에즈라의 침대 옆에 앉아 있었다. 아주머니는 내 드레스를 입고 그 위에 할머니의 스웨터를 걸치고 있었다.

우리가 들어가자 아주머니가 고개를 들었다. 눈을 껌벅이며 우리를 바라보더니 갑자기 일어나 두 팔을 벌렸다. 나는 마치 어린 양들이 엄마 양에게 가는 것처럼 아주머니에게 다가갔다. 아주머니의 향기가 내 주위를 감쌌다.

에즈라는 두 눈을 꼭 감은 채 성조기 같은 패턴이 있는 큰 손수건을 머리에 두르고 침대에 누워 있었다. 에즈라의 큰 손이 침대보 바깥에 나와 있었다.

나는 뒤로 물러서며 침대를 내려다보았다. 이 아이가 에즈라일 리가 없었다. 하지만 눈썹 위에 흉터가 있었다.

"에즈라?"

아주머니가 불렀다.

에즈라가 눈을 조금 떴다. 지친 눈엔 생기가 없었다.

할머니는 아주머니에게 손을 내밀었다. 그리고 두 분이 병실에서 나갔다.

나는 침대 옆 의자에 앉았다.

"선물이야."

포장한 선물을 에즈라에게 내밀며 말했다. 에즈라는 선물을 받아들 힘조차 없었다.

"내가 풀어 줄까?"

나는 대리석 무늬 포장지를 풀었다. 손이 떨려 포장지가 엉망이 되었다.

안에 든 것은 내 방에 있던 책 《슬레이크의 연옥》이었다. 책 속표지에 나는 '나일이 에즈라에게' 라고 써 놓았다.

책의 첫 장을 넘겼다.

다른 병실에는 모두 커튼이 열려 있었다. 하지만 이곳은 아니었다. 여기는 커튼이 봄의 따스함과 희망을 차단하고 있었다. 희미한 불빛 속에서 책을 읽기는 불가능했다.

에즈라에게 처음 책을 읽어 주던 때를 기억했다. 에즈라가 뒷방에서 죽을 거라고 생각했는데…… 엄마처럼, 할아버지처럼. 그 뒤로 모든 것이 변했다. 하지만 또 한편으로는 변한 게 하나도 없었다.

나는 책을 읽어 주려고 노력했다. 에즈라의 손이 천천히 고통스럽게 침대 가로대를 따라 내 팔이 있는 곳까지 움직여 왔다.

에즈라는 힘없이 내 손목을 감싸 쥐며 책 읽는 걸 멈추게 했다.

나는 침을 꿀꺽 삼켰다. 침묵 속에서 내 심장이 산산이 부서지는 소리가 들렸다.

에즈라는 잠이 들었다 깨어났다를 반복했다. 나는 에즈라를 지켜보며 곁에 앉아서 잃어버리는 아픔, 이별하는 아픔을 느꼈다.

고무호스가 에즈라의 코로 산소를 공급하고 있었다. 몇 초마다 펌프가 돌아갔다. 시간을 쟀다. 하나. 둘. 셋. 넷. 다섯. 여섯. 펌프. 하나. 둘. 셋. 넷. 다섯. 여섯…….

"어떻게 지냈니, 셉?"

에즈라가 말했다. 목소리가 잠겨 있고 느릿느릿했다.

나는 고개를 끄덕였다. 그리고 겨우 대답을 했다.

"아기 양들 보는 걸 놓치고 있잖아, 에즈라. 어떤 양치기가 아기 양이 태어나는 걸 놓치겠니? 그게 최고라고."

다시 침묵. 나는 이 방 바깥에 분명히 소리 나는 세상이 있음을 알고 있다. 이 방 바깥에 생명이 있음을. 여기선 왜 아무 소리도 안 들릴까?

"생각하고 있었어. 안네 프랭크 말이야."

에즈라가 말했다.

나는 에즈라의 말을 가로막았다.

"이제 봄이야, 에즈라."

"어쩌면, 어쩌면…… 사람들이 나도 기억할 거야."

세상이 이미 에즈라를 잊어버렸다고 말해 줄 수가 없었다.

"밖에 방사능 수치는 어떻니?"

"이제 괜찮아."

"커튼을 열어 줘."

에즈라가 속삭였다.

"뭐?"

나는 에즈라의 입 쪽으로 귀를 가까이 가져갔다.

"커튼을 열어 줘."

내 손목을 감싸 쥔 에즈라의 손에 힘이 들어갔다.

"하지만……."

"이젠 두렵지 않아."

난 커튼을 열었다. 에즈라가 누운 자리에서 코네티컷 강의 아름다운 풍경이 보였다. 햇살이 침대를 비스듬히 비추며 병실 안에 빛과 그림자를 만들어 냈다.

에즈라가 숨을 깊게 쉬었다.

"널 기다렸어, 나일."

"응, 이제 여기 있잖아."

나는 다시 침대 옆에 앉아 에즈라의 손을 부드럽게 감쌌다.

"할머니가 더 일찍 오게 허락하지 않으셨어. 힘에 겨울 거라고. 너한테 힘들 거란 건지 나한테 힘들 거란 건지 모르겠지만……."

에즈라는 웃으려고 했다. 겨우 아주 작은 소리가 났다.

"뭐 필요한 건 없니?"

에즈라는 고개를 저었다.

"안네 프랭크……. 그날 밤 기억나? 내 편지 읽었니?"

나는 고개를 끄덕였다.

에즈라가 간신히 미소를 지었다.

"다행이야."

에즈라가 눈을 계속 뜨고 내 얼굴을 쳐다보았다.

나는 침대 가로대 위로 몸을 굽혔다. 손끝으로 부드럽게 에즈라의 머리에 감겨 있던 큰 손수건을 만졌다.

"벗겨 줘."

에즈라가 속삭였다.

조심해서 밝은색 손수건을 풀어 내자 부드러운 한 줌의 머리카락이 드러났다. 에즈라의 숱 많던 곱슬머리가 겨우 이만큼 남아 있었다. 나는 에즈라 머리의 가느다란 뼈들을 어루만졌다. 그리고 눈매도 만졌다. 앙상하게 드러난 뼈들이 아주 연약하게 느껴졌다. 난 늘 에즈라의 얼굴을 만져 보고 싶어 했다. 떨리는 손가락을 뺨부터 천천히 흉터까지 움직여 가만히 그곳에 대고 있었다.

에즈라가 눈을 감고 몸을 떨었다. 눈꺼풀 밑에 출혈 때문에 생긴 짙은 보라색이 살짝 보였다.

"난 지쳤어."

에즈라가 말했다.

"알아."

"나일, 이제 그만 쉬어야겠어."

"그래, 에즈라."

"넌 괜찮겠니?"

"그래."

에즈라는 고개를 끄덕였다. 에즈라 눈가에 눈물이 한 방울 반짝였다. 나는 그 눈물방울에 손가락을 갖다 대고 내 몸에 받아들였다.

내 마음에 있는 모든 선의를 불러 모아 한 손은 안으로 구부려 밑에서 받치고 한 손은 위에서 덮어 에즈라의 깡마른 손가락들을 감쌌다.

에즈라는 다시 눈을 뜨지 않았다.

할머니와 난 주차장까지 걸어갔다. 우리는 서로 건드리지 않도록 조금 떨어져 걸었다.

"왜죠?"

나는 목소리도 거의 높이지 않고 물었다.

"나일, 나도 모른단다."

할머니는 다시 집으로 트럭을 운전하며 말했다.

"원전 사고는 전에도 있었잖아요. 다른 곳에서도 일어났다고요. 얼마나 끔찍한 일인지 누군가 알았잖아요."

"더 많은 사람들이 알아야 한단다. 이제 더 많은 사람들이 알고 있겠지. 어쩌면 이젠 충분히 많은 사람이 알 거야. 무언가 변할지도 몰라."

처음에 사람들이 모두 원전 사고에 대해 이야기하던 것을 생각했다. 하지만 이제는 마치 쿡셔 원전 사고가 일어나지 않았던 것처럼 다른 뉴스를 더 중요하게 생각했다. 사람들은 어떻게 이리도 쉽게 잊을 수 있을까?

해스킨스 선생님은 우리 모두가 영향을 받을 것이라고 했다. 그리고 실제로 그랬다. 하지만 아무것도 변한 게 없었다.

"정말 그렇게 믿으세요? 무언가 변할 거라고요?"

내가 물었다.

"그래. 하지만 어쩌면, 나일, 네가 시작해야 할지도 몰라."

할머니가 말했다.

해스킨스 선생님은 우리 반이 편지를 써야 한다고 했다. 그때는 무슨 내용을 써야 할지 몰랐다. 이제 편지를 쓴다면 무언가 바뀔까?

"에즈라에겐 이미 늦었어요."

하지만 남은 우리에겐 아직 늦지 않았다.

집에 돌아와 우리는 평평한 방목지에서 양떼를 지키고 있는 셉 옆을 지나갔다.

"여기서 내릴게요."

내가 할머니에게 말했다.

렘미 고모부가 앞쪽 방목지 안에서 아기 양들에게 둘러싸여 있었다. 고모부는 자기 집에 있는 것처럼 편해 보였다. 고모부와 고모, 베서니가 뒷방에 와 있었다. 베서니는 점점 낫고 있었다. 천천히, 천천히.

고모부는 봄 동안 할머니의 목장 일을 도우러 이사하겠다고 지난달에 약속했다. 나머지 사촌들은 고모부의 형제들에게 가서 머물고 있다.

내가 다가가자 셉은 바른 자세로 자리에 앉았다.

에즈라와 내가 훈련을 잘 시켰다.

나는 울타리를 넘어 들어갔다. 그리고 맥없이 주저앉아 머리를 셉의 옆구리에 묻었다.

셉에게서는 더 이상 강아지 냄새가 나지 않았다. 풀과 소나무, 씨앗과 바람, 양과 양털에서 나는 기름 냄새 같은 바깥 냄새만 났다.

셉은 내 손에, 팔에, 다리에 코를 비볐다. 내게서 에즈라의 냄새를 찾아냈나 보다. 셉은 나와 에즈라가 연결된 구석구석을 찾아 가며 냄새를 맡았다.

나는 무릎을 꿇고, 셉의 커다란 머리를 가슴에 안았다. 속눈썹에 햇살이 퍼지며 태양이 흐릿하게 보였다.

위쪽 식림지 가장자리에서 먼시가 나타났다. 먼시가 손을 흔들어 인사했다. 먼시 쪽으로 팔을 뻗어 나도 손을 흔들었다.